이연실

15년 차 에세이 편집자. 문학동네 편집팀장을 거쳐
문학동네 임프린트 이야기장수의 대표로 일하고 있다.
대학교 4학년이던 2007년, '내 청춘은 망했고 빨리 돈이나
벌러 나가자'는 심정으로 문학동네에 입사했다. 옛날 드라마
「아들과 딸」의 후남이처럼 온갖 시련 속에서 콜록거리면서도
교정지를 보는 호젓한 모습을 상상하며 출판사에
들어왔으나, 엉덩이에 불나게 많은 사람들을 만나고
조율하고 뛰어다니는 기획편집자의 실상에 충격받으며,
내가 오해한 이 일을 끝까지 이해하고 잘해 보고 싶어졌다.
첫 출판사인 문학동네에서 쭉 일하며 김훈의 『라면을
끓이며』, 하정우의 『걷는 사람, 하정우』, 스베틀라나
알렉시예비치의 『전쟁은 여자의 얼굴을 하지 않았다』,
김이나의 『김이나의 작사법』, 이슬아의 『부지런한 사랑』
등의 에세이를 만들었다.
에세이는 한 사람의 결과 바닥을 그대로 드러내는
적나라하고도 무서운 장르라고 생각한다. 좋은 에세이가
되는 삶을 살아온 작가와 같이 일하고 노는 시간을 사랑한다.
그들 곁에서 '나만 아는 작가의 말'을 수집하고 편집해,
원고와 내 삶에 반영한다.
장래희망은 백발이 돼서도 교정지 든 에코백 메고
저자 미팅 현장과 서점을 누비는 '현직' 할머니 편집자.
트위터·인스타그램·페이스북 @promunhak

에세이 만드는 법

에세이 만드는 법

더 많은 독자를 상상하는
편집자의 모험

이연실 지음

유유

붓 가는 대로 쓴 글에 치밀한 전략을 세워
시장에 내보내기

사실 난 에세이가 싫었다.

입사 후 한두 달쯤 지났을까. 국내문학팀에 있던 내게 비소설·에세이팀이 신설되니 그리로 가라는 지시가 떨어졌다. 청천벽력이었다. 중고등학교 시절 내내 문예반이었고 국문과에서도 소설을 끄적거리던, 뼛속까지 문학도였던 나는 문학동네 편집자가 되었으니 당연히 소설을 주로 만들게 되리라 생각했다.

'비소설'은 이름표부터가 도통 맘에 들지 않았다. 세상의 생명체를 인간과 비인간으로 양분하는 폭력적인 세계관처럼 책이 소설과 비소설로 나뉜다는 구분도 납득하기 어려웠거니와, '아닐 비非' 자를 장르명 앞에 단

책을 편집한다니 왠지 '비'뚤어지고 싶은 심정이었다. 나는 내 새 팀장님이 된 오동규 털보 실장님을 찾아가 따져 물었다.

"저 왜 비소설팀으로 가요? 전 소설이 좋은데요? 우리 회사는 소설이 메인 아니에요?"

털보 실장님은 징징대는 신입 사원을 어이없이 바라보더니 매우 중요한 비밀을 누설한다는 듯 속삭였다.

"얀마, 너 이건 기회야. 여기서 에세이랑 비소설 편집을 익히잖아? 그럼 나중엔 다 할 수 있어! 소설이든 인문서든 논픽션이든 그림책이든 다 척척 만들 수 있다고. 근데 그 반대는 어렵다? 일단 여기서 닥치는 대로 해 봐. 그럼 나중엔 네가 원하는 어떤 사람이건 이야기건 다 책으로 만들 수 있게 될 테니까."

내가 좋아하는 이야기와 사람들을 죄다 책으로 만들 수 있게 된다라니. '털보 실장님의 유혹'은 입사하자마자 좌천(?)된 것 같아 낙담하던 신입 편집자에게 '그래? 그럼 어디 한번 해 볼까?'란 투지를 다지게 했다.

그 후 14년간 나는 많은 책을 만들었다. 그중 절대다수가 에세이였다. 에세이는 좀 이상한 장르였다. 엄연히 문학이면서 이른바 '문단'의 경계에선 살짝 비껴난 장르인 것도 같고, 에세이라는 명확한 장르명이 있기는 한데, 사실 읽어 보면 자서전·심리·인문·자기계발·르포·실용 등에 발을 걸치고 있어서 도통 '에세이란 무엇인가' 명쾌하게 정의할 수가 없다.

에세이를 완성하고 성공시키는 데는 구석구석 꽤 많은 품이 들고 편집자의 섬세한 전략과 꼼꼼한 작업이 필요하지만, 대중적인 에세이에 권위 있는 출판상이나 편집상이 주어지는 일은 극히 드물다. 심지어 진짜 대박 날 에세이는 (유명 작가의 에세이를 제외하고는) 언론 서평에 오르기도 힘들다는 게 이 장르의 통념이다. 에세이는 현재 출판 시장에서 가장 잘 팔리는 장르이고 젊은 독자들이 선호하는 인기 장르가 되었지만, 그 말인즉슨 내가 공들여 만든 에세이가 시장에서 주목받고 선택받기보단 빠르게 묻히고 잊힐 확률이 더 높다는 뜻이기도 하다.

나는 어쩌다 에세이 편집자가 되었지만, 책을 만들수록 에세이의 이런 애매한 중간성과 경계 없음, 체계 없음, 막연함과 자유로움에 빠져들었다. 신간 매대에 올리면 언제 최신간의 파도에 휩쓸려 썰물처럼 쓸려나갈지 몰라 가슴이 쫄깃쫄깃한 게 스릴 만점이기까지 했다.

종잡을 수 없는 장르인 만큼 함께 작업한 저자군도

다양했다. 문인은 물론 기자·만화가·배우·가수·정치인·간호사·직장인·작사가·여성학자·교수·SNS 작가 등 나의 저자들은 직업도, 연령대도 살아온 이력도 천차만별이었다. 편집자가 아니었더라면 결코 내 인생에서 만날 일 없었을 사람들의 신기하고 놀라운 이야기에 푹 빠져 한 시절씩을 살았다. 그들에게서 가장 아름답고 독보적인 점을 발견해 책에 담았다. 이 과정이 미치도록 재밌었다. 화려하고 회전율 높은 에세이 매대에서 무조건 눈에 띄게 만들 궁리를 해야 하다 보니, 지루할 틈도 게으름 피울 겨를도 없었다. 결국 에세이가 편집자로서 나를 더 고민하고 몰두하게 하고, 완성시킨 셈이다.

나는 이제 멋진 사람, 잊지 못할 이야기를 만나면 저절로 한 권의 에세이를 상상한다. 저 사람은 어떤 책이 될까? 어떤 목차와 제목, 표지 그리고 사람들의 마음을 여는 키를 가진 책이 될까? 에세이 만드는 법을 잘 익히면, 네가 좋아하는 모든 사람과 세상이 책이 될 수 있다던 털보 실장님의 말은 명백한 진실이었다.

학교 다닐 때 '수필'은 붓 가는 대로 쓰는 글이라고 배웠다. 그때는 좀 괴상한 정의라고 생각했다. 받아쓰기도 아니고 세상에 붓 가는 대로 쓰는 글이 어디 있단 말인가. 하지만 여러 권의 에세이를 만들고 난 다음 돌아보니, 이 정의가 달리 다가온다. 에세이는 억지로 만들어지지 않는다. 한 사람이 살아온 대로, 경험한 만큼 쓰이는 글이 에세이다. 삶이 불러 주는 이야기를 기억 속에서 숙성시켰다가 작가의 손이 자연스레 받아쓰는 글이 에세이다.

그러나 원고는 이렇게 붓 가는 대로, 살아온 대로 쓴 일지라도, 에세이를 편집하는 사람은 결코 책의 꼴과 운명이 바람 부는 대로 흘러가게 두어서는 안 된다. 에세이 시장은 이를테면 '진정성'의 전쟁터이다. 어느 에세이나 저자가 다 직접 해 본 이야기이고 유일한 경험담이며 간절한 인생 스토리이다. 이 전쟁통에서 불량품이 아닌 뇌관을 준비하고 재미와 감동이라는 도화선을 독자의 마음에 정확하게 연결해 불꽃을 터뜨리는 일은, 결국 편집자의 몫이다.

에세이는 편집자가 얼마나 치밀하게 준비했느냐에 따라 '뜻밖의 기적'이 일어날 확률과 가능성이 극적으로 달라지는 장르라고 나는 믿는다. 오늘도 나는 긴장 반 설렘 반으로, 독자의 가슴에서 터지길 고대하며 책장 여기저기에 뇌관과 도화선을 깔아 놓는다.

최근에는 종종 '어떻게 하면 베스트셀러를 만들 수 있나요?'라는 질문을 받곤 한다. '계속 만들다 보니까 노하우가 생기더라고요'라고 자신만만하게 대답하고 싶지만, 모두 알다시피 그런 건 없다. 지금도 사무실 내 자리에서 고개만 돌리면, 내가 확신을 갖고 밀어붙였던 책들이 '1쇄의 전당'에 꽂혀 있는 것이 보인다. 끝내 중쇄를 찍지 못한 그 에세이들을 나는 잘된 책들보다 훨씬 더 자주 넘겨 본다. 그리고 이렇게 할 걸 저렇게도 해 볼 걸 계속 생각하며 머릿속에서 수십 개 버전의 개정판을 찍는다.

다만 내겐 꽤 높은 타율로 행운이 찾아온 것도 사실이다. 운 좋게도 '판매 사이즈가 큰 책'을 여럿 경험하며 시장과 대중에 대해 깨달은 것도 있다. '붓 가는 대로 자연스럽게 쓰인 글'을 골 아플 정도로 치밀하게 준비해 내보내면서 내가 생각하고 배운 것을 지금부터 써 보려 한다. 그러니까 이 책은 어떻게든 많은 책을 조금이라도 더 읽히려 발버둥 쳐 왔던 어느 에세이 기획편집자의 작전 파일이자, 끝내 터지지 않은 뇌관들을 짚어 보는 눈물의 오답 노트이기도 하다.

잘 팔리는 에세이와 좋은 에세이 사이에는 때론 어마어마한 간극이 있는 것처럼 보인다. 그러나 나는 그

둘 사이에 분명한 접점이 있다고 생각한다. 그 접점을 만들고 찾아내는 일을 나는 편집자로 일하는 동안 결코 포기하지 않을 것이다.

미디어와 셀럽, 유행의 영향을 직격탄으로 받는 이 에세이 시장을 너무 쉽게 냉소하지 말고, 우리가 책을 팔아야 할 상대인 대중의 취향을 끝없이 탐구하며, 좋은 에세이가 될 사람들을 부지런히 만나고 그들의 이야기를 책으로 완성하고 싶다. 지금 보석 같은 에세이를 어미닭처럼 품고 있는 당신도 부디 그러길 바란다.

에세이의 타깃 독자는 '대중'이다

더 많은 독자를 상상하는 대중적인 편집자 되기

신입 시절 나는 '베스트셀러 편집자'로 불렸다. 입사하자마자 베스트셀러를 만들다니 대단하다, 라고 짐작하셨다면 대단히 죄송하다. 이 별명은 몇몇 디자이너 선배 사이에서 주로 회자되었는데, 내가 디자인 발주서를 내밀며 책을 소개할 때마다 매번 "이건 베스트셀러가 될 책"이라고 강조했기 때문이다. 급기야 한 디자이너님은 내가 가까이 다가가기만 해도 "베스트셀러 편집자 온다!"라며 웃었다. 그러니까 나는 아직 베스트셀러를 한 권도 못 낸 베스트셀러 편집자였다.

뒤늦게 변명하자면 이건 그저 신입 편집자의 패기, 혹은 허풍에서 비롯된 일만은 아니었다. 나는 진지했다.

내가 편집한 책이 많이 팔려서 베스트셀러가 되고 나아가 오래 팔려서 스테디셀러가 됐으면 좋겠다고 생각했다. 저자와 원고에 푹 빠져 살면 살수록, 이 원고에 독자를 끌어당길 만한 힘이 있다고 확신할수록, 나의 베스트셀러 열망은 커졌다.

게다가 나는 에세이를 주로 만드는 편집자였다. 에세이는 대중적인 장르다. 책의 여러 장르 가운데서도 진입 장벽이 낮다. 작가의 입장에서도 그렇고 독자에게도 마찬가지다. 작가나 학자의 길을 미처 생각 못했던 사람이 어떤 계기로 첫 책을 쓴다고 할 때, 그 책의 장르는 에세이가 될 확률이 높다. 평소 책과 그리 친하지 않은 독자가 우연히 서점에 들러 누군가 책을 선물해 준다기에 한 권 집어 들었을 때, 그 책 역시 에세이가 될 확률이 높다고 생각한다. 에세이는 사전 지식이나 정보가 필요 없는 '사람' 이야기이고 일상 이야기이다. 누구에게나 열려 있고 언제 봐도 부담스럽지 않은 에세이의 이 넓은 품과 일상성을 나는 사랑한다.

에세이가 정확히 어떤 속성을 지닌 장르인지 명확하게 정의할 수 있는 사람이 있을까? 에세이는 자서전·자기계발서·인문서·르포·실용서 등의 속성을 아울러 갖고 있다. 그럼에도 한 권의 책을 에세이 매대에 놓겠다고 결심하는 것은, 이 책이 특정 분야에 전문성을 지닌 독자나 별난 취향과 명확한 독서의 목적을 지닌 한정된 독자가 아닌 대중 독자에게 두루 쉽게 다가설 수 있는 보편성과 일상성을 지닌 책이라고 선언하는 일과 같다.

흔히 도서기획안을 작성할 때 절대 빼놓지 말아야 한다고들 말하는 항목이 있다. 바로 '타깃 독자'다. 그러나 나는 에세이 기획서에서 이 항목을 생략한다. 분명 출간 초반부터 이 책을 구매해 줄 '예비 독자'는 있겠으나, 나는 에세이의 타깃 독자는 결국 대중이어야 한다고 믿는 사람이다. 그리고 에세이 편집자는 관련 주제나 작가에 대해 아무런 정보도, 관심도 없는 미지의 독자에게 '적어도 이 책 속엔 당신이 꽤 흥미로워할 만한 무언가가 있다'는 것을 알리고 방점을 찍는 역할을 하는 사람이라고 줄곧 믿었다. 책의 가능성과 경계를 한정 짓지 않는 것, 더 많은 독자를 상상하는 것은 에세이 편집자의 재미이자 특권이다.

편집자가 되고 1년 남짓 됐을 때 나는 특별한 프로젝트의 책임 편집을 맡게 되었다. 시인 김용택 선생님이 38년간의 교사 생활을 마감하고 퇴임하는 것을 기념해, 문화계 인사들이 김용택 헌정 문집을 발간하기로 했다.

김훈·도종환·안도현 선생님, 이해인 수녀님 등 저자만 49명에 달했고, 책 출간의 방향과 목적성이 분명했다. 편집자인 내게 주어진 미션 역시 명확했다. 첫째, 일정에 맞춰 낸다. 둘째, 헌정 문집을 기획한 필진과 헌정 문집을 받는 김용택 선생님의 뜻을 잘 파악하고, 그에 어긋나지 않도록 무탈하게 출간한다.

즉, 무사고에 마감만 잘 지키면 헌정 문집에서 편집자로서의 역할은 온전히 하게 되리란 뜻이었다. 하지만 나는 책 표지 어디에서도, 또 편집 과정 중 어디에서도 헌정 문집이라는 표현은 쓰지 않기로 했다. 헌정 문집이라니, 듣기만 해도 따분하지 않은가.

정식으로 출간되어 서점으로 나가는 이상, 모든 책은 결국 독자에게 헌정될 뿐이다. 게다가 내가 또 언제이런 쟁쟁한 필진을 한 권의 책에서 만나게 될지 알 수없다. 아름다운 뜻으로 뭉친 이분들의 글을 좀더 재미있게 엮어서, 많은 독자에게 알리고 싶었다. 서점에 나가 보니 원로 학자나 문인의 헌정 문집 대다수는 고상하고 얌전했다. 한 사람의 업적을 위하고 기념하는 책이라할지라도, 책의 모양새까지 꼭 그리 엄숙할 필요는 없지않을까.

책의 꼴을 궁리하며 서점을 더 돌아보니 표지가 옆

으로 길게 죽 펼쳐지는 형식의 에세이들이 유독 눈에 들어왔다. 잡지 특집호처럼 겉표지를 열어서 오른쪽으로 펼치면 그 안에 새로운 사진이나 그림이 나오는 디자인이 유행하던 때였다. '이거다!' 싶었다. 겉표지에 교실 문을 열고 개구지게 뛰쳐나오는 '김용택 학생'이 보이고, 열리는 속표지엔 그가 나온 교실 풍경이 보이면 어떨까. 김용택 선생님은 언제나 교단에 서면서 자신이 아이들에게 배운 것이 더 많다고 하셨으니, 나이 든 교사의 눈물의 퇴임식이 아니라 이제야 학교를 '늦깎이 졸업'하며 깔깔 웃는 '어른아이 김용택'의 모습을 담고 싶었다. 그리고 속표지가 열리면 나오는 교실 안에는 이 책에 참여한 필진들이 웃고 떠들고 칠판에 낙서하고 교실 천장을 날아다니면서 제각기 노는 그림이 담기면 재미있겠다 싶었다. 이런 콘셉트로 편집한 『어른아이 김용택』, 이 책은 때맞춰 내는 헌정 문집이라는 본연의 뜻에 맞지 않게(?) 당시 언론과 독자들에게 꽤 유쾌한 반응을 끌어냈고 3쇄까지 찍었다. 아직 어린 편집자였던 나에게 이 조그만 성공은 에세이 편집은 궁리하는 만큼 재밌어지고, 대중에게 다가갈 길도 열린다는 것을 가르쳐 주었다.

나는 스스로를 대중적인 편집자라고 생각한다. 또

에세이 편집자는 대중적인 취향을 갖고 있어야 한다고 자주 말한다. '대중'이라는 말에 불편과 반감을 느끼는 분도 있을 것이다. 흔히 대중문화나 트렌드 속에서 대중은 갈대처럼 유행과 미디어에 휘둘리고 다소 경박하며 어디로 튈지 모르는 예측 불가능한 존재로 여겨지곤 한다. 하지만 내가 편집하면서 늘 최종적인 독자로 가정하는 대중이란 지극히 보통의 취향과 삶의 조건을 가진 사람들이다. 숙련된 독자가 아닌 사람, 책을 반드시 읽지 않아도 살 수 있고 살아가야만 하는 사람, 심오한 지식과 미학보다는 즉각적인 재미와 감동·위로가 당장 필요한 사람, 책값 15,000원을 낼 형편은 되지만 책보다 재밌는 것도 많고 돈 쓸 데도 많아서 서점에서 지갑을 여는 데는 제법 깐깐한 사람이다. 그리고 나를 포함해 모든 출판인과 작가 들은 철저히 숙련된 독자에 속하므로, 이들 평범한 대중을 이해하고 그들에게 다가서려면 아주 많은 노력과 고민이 필요하다고 생각한다.

　내 손에 있는 이 원고가 분명 베스트셀러가 될 것이라고, 많은 사람들이 좋아할 것이라고 진지하게 디자이너를 설득하던 신입 편집자는, 그 후 15년 차 에세이 편집자로 일하며 실제로 몇 권의 베스트셀러를 만들었다. 나와 첫 작업을 하는 저자들은 종종 이제 자신의 책도 베스트셀러가 되는 거냐고 기대 섞인 농담을 한다. 정작 지금의 나는 어떤 원고가 확실히 베스트셀러가 될 것이라고 저자에게도, 나 자신에게도, 그 누구에게도 장담하지 못한다.

다만 이렇게 말할 순 있다. 나는 2천 부가 나갈 책이라면 3천 부로, 3천 부 나갈 책이라면 5천 부로, 5천 부 책은 1만 부로, 5만 부 판매가 예상되는 책은 10만 부로 독자의 범주를 확장시키고 더 많은 대중 독자에게 가닿을 길을 상상하는 사람이라고. 내 머릿속에서만이 아니라 시장에서도 실제로 그 일이 일어나도록, 가급적 많은 제안을 하고 원고에 최대한 시간과 품을 들일 것이라고 다짐한다. 이 에세이를 흔쾌히 사 줄 것 같은 '예비 독자'를 넘어서 '과연 이 책을 사볼까?' 싶은 대중의 마음에까지 꽂힐 '한 끗'을 발견해 내겠다고 나 자신과 책에 관계된 사람들에게 약속한다.

앞으로 이 책에서 나는 끊임없이 '팔리는 에세이', '독자에게 선택받는 에세이'에 대해 말할 것이다. 어떤 이는 그것은 편집이 아니라 마케팅의 영역 아니냐고 물을지 모른다. 하지만 나는 '최고의 마케터는 결국 그 책'이라는 출판 시장의 오랜 잠언을 믿는다. 특히나 매일 엄청난 종수의 신간이 쏟아지는 만큼 매대 회전율도 빠른 에세이 시장에서 출간 초기에 책이 스스로 강력한 마케터 역할을 해낼 수 있도록 자리 잡게 하는 일은 결국 편집자의 몫이다.

어떤 에세이의 운명에는 대중적인 편집자와 마케팅 감각을 지닌 편집자의 역량이 결정적인 역할을 한다. 그들은 기획 단계에서부터 차례 구성·소제목 잡기·본문 디자인·표지 디자인·표지 카피·띠지 문안·보도자료에 이르기까지 구석구석 최선을 다해 품을 들이고 새로운 아이디어를 내서 책의 몸 구석구석에 대중이 반응할 만한 문신을 남긴다. 에세이 편집의 묘미를 아는 편집자는 이 과정을 백 퍼센트 즐기고, 자신의 노동력을 투입한 뒤 대중의 반응을 기다린다.

{ 2 }

'제목발' 무시하지 마라, 너는 한 번이라도
제목으로 책의 운명을 움직여 보았는가

내가 제목을 짓는 세 가지 방법

팀원 면접을 볼 때나 경력 편집자들과 대화할 때, 내가 자주 묻는 질문이 있다.

"본인이 제안한 책 제목 가운데 이건 꽤 맘에 든다, 책의 운명을 조금은 돌려 놓았다고 생각하는 제목이 있나요?"

어찌 보면 난폭한 질문이다. '당신은 제목으로 책의 운명을 바꾼 적이 있는가'라니. 대체 그걸 누가 안단 말인가. 설사 책이 좋은 반응을 얻었다 하더라도, 거기에 제목이 영향을 끼쳤는지 아닌지, 그 성공에 제목의 시분이 얼마큼인지 누가 확신할 수 있을까.

하지만 나는 적어도 편집자 본인에게는 그런 경험

이 있어야 한다고 믿는다. 내가 끝까지 물고 늘어져 책에 티끌만큼이라도 보탬이 됐다고 자부하는 제목이 편집 경력 중에 몇 개는 생겨야 한다. 물론 한국어로 번역해도 끝내주는 제목을 갖춘 외서만 담당했거나 작가가 지어 온 제목이 매번 베스트여서 그대로 따랐을 수도 있다. 하지만 지금까지 책 제목이 대부분 그렇게 절로 주어지는 경우가 많았다면, 그것이 정말 운이 좋았기 때문인지, 아니면 혹시 '이 정도면 적당한 제목이지 뭐' 하고 편집자가 책의 운과 가능성을 한정 짓고 넘어간 건 아닌지 생각해 봐야 한다.

나는 제목을 뽑을 때, 가장 잠 못 들고 고통받는다. 에세이는 제목의 영향력이 매우 큰 장르다. 간단히 생각해 봐도, 에세이 베스트셀러 가운데 작가 이름은 정확히 기억나지 않지만, 책 제목은 각종 패러디를 양산하고 아류작마저 낳을 정도로 유명한 경우가 종종 있다. 사람들은 이런 책들을 두고 간단히 '제목발'이라고 깎아내리길 좋아한다. 하지만 나는 '제목발' 받은 베스트셀러를 결코 허투루 보아 넘기지 않는다. 편집자는 익명의 독자가 내가 만든 책을 당장 집어 들어 펼쳐 보도록 하는 사람이다. 그리고 개성 있고 임팩트 있는 제목은 그들을 목적지로 곧장 실어 나르는 급행열차와도 같다.

신입 편집자 시절, 내가 처음 책임 편집을 맡은 에세이 교정지에는 한동안 그저 '녹차 이야기'라는 가제가 덜렁 붙어 있었다. 처음에 나는 열심히 교정을 보다 보면 저자나 선배나 팀장님이나 누구라도 제목에 대한 힌트를 주겠지 싶었다. 하지만 교정지는 완성되어 가는데, 아무도 제목에 대해서 언급하지 않았다. 제목은 결국 책임 편집자인 내가 책임져야 하는 것이었다. 제목을 스스로 지어야 한다는 중압감에 해쓱해져서 우다다다 키보드를 두드렸다가 창밖을 멍하니 바라보길 반복하던 신입 편집자에게 당시 한 팀이었던 오경철 선배가 귀띔해 주었다.

　　"내가 책을 만들어 보니까, 좋은 제목은 본문에 '숨어' 있더라. 제목을 억지로 '지어' 내려고 하지 말고, 원고를 천천히 다시 읽어 봐. 열심히, 잘 읽어 내면 좋은 제목이 보일 거야."

　　이때부터였다. 보통 일반적인 편집 과정이 '초교 – 재교 – 삼교 – 오케이교'라고들 하지만, 내 편집 과정에는 매우 중요한 단계가 하나 더 끼어든다. 바로 '오직 제목 짓기만을 위한 일독' 시간이다. 나는 사실 '제목 짓기'라는 말보다는 '제목 찾기' 혹은 '제목 뽑기'라는 말이 더 정확하다고 생각한다.

제목 찾기 모험을 떠날 때 꼭 챙겨야 할 준비물이 있다. 말끔한 교정지와 한 면이 충분히 널찍하고 줄이나 칸이 없는 백지. 준비가 되면 손가락이나 펜 뒷부분으로 보이지 않는 밑줄을 그어 가며 표제지에 얹힌 가제목부터 '매우 천천히' 읽어 내려간다.

의외로 편집자들에겐 원고를 천천히 '음미'할 수 있는 시간이 거의 없다. 늘 다음 단계에 쫓겨서 원고를 서둘러 봐야 하고, 교정 중에도 맞춤법·외래어표기법·팩트 체크·작가에게 제안할 것·디자인 수정 사항·마케팅 포인트 등등 동시에 생각해야 할 일이 너무 많다. '제목 짓기를 위한 일독' 시간에 나는 이 모든 '편집자가 해야 할 일' 리스트를 던져 버린다. 그리고 오직 책을 음미하는 데 집중한다. 단어와 어구 단위로 문장을 쪼개 가며 가급적 천천히, 깊게 읽는다. 이 작가가 어떤 단어와 어떤 표현을 쓰는지, 그 단어들이 어떻게 만나고 어떤 느낌을 주는지, 평범한 단어지만 이 작가가 쓴 맥락에서 이상한 파장을 불러일으키는 단어가 있는지 탐색하면서 천천히 읽는다.

읽으면서 마음에 드는 단어와 구절은 백지에 옮겨 적는다. 줄 맞춰서 또박또박 적지 않고, 정자체로 그대로 베껴 쓰지도 않는다. 낙서하듯이, 그림 그리듯이 백지 여기저기에 책의 좋은 단어와 구절을 마구 흩어 놓아야 한다. 그러다 보면 정말로 좋은 제목이 '매직아이'처럼 튀어나올 때가 있다. 이 단어와 저 단어가 저들끼리 조우해서, 생각도 못했던 좋은 어절이나 문장이 만들어지고, 그게 제목 후보로 이어진다.

처음으로 책임 편집을 맡은 신입 편집자에게 '좋은 제목은 본문에 숨어 있다'는 제목 찾기의 제1원칙을 알려준 선배의 조언에 따라, 나는 '녹차 이야기' 교정지에서 발견한 여러 단어들을 노트에 메모했다.

이 작가는 녹차를 초록색이라고 하기보단 푸르다고 표현한다. → 푸른

작가는 찻잔을 들어 마시고 또 마신다. → 마신다

그리고 작가는 차를 물리적으로 마시기만 하는 게 아니라 자꾸만 생각하고 인생의 화두를 던진다. → 화두

노트 몇 장을 빼곡히 채운 무수한 단어 가운데서, 이 세 단어가 서로 달라붙었다. 다른 단어와 어구를 큐브처럼 이모저모 돌려 보고 조합해 봐도, 이만한 문장이 만들어지진 않았다. 이렇게 『푸른 화두를 마시다』라는 제목을 지어 갔더니, 내게 제목 찾는 최고의 비책을 알려

준 선배가 '마음에 든다'면서 칭찬해 주었다. 내가 편집자로서 지은 첫 책 제목이다. 나는 지금도 제목을 지을 때 반드시 이 지난한 본문 탐색의 과정을 거친다.

이슬아 작가님의 에세이 제목『나는 울 때마다 엄마 얼굴이 된다』도 이렇게 찾아낸 제목이다. "엄마랑 나는 눈물샘의 어딘가가 연결되어 있는 것 같았다. 그 후로도 한참을 엄마가 울 때마다 나도 울었다"라는 아름다운 문장에서 "엄마랑, 나, 눈물샘, 연결, 울 때마다"라는 단어를 메모했다. 그러다 책 뒷부분에서 '닮게 된 얼굴'이란 꼭지를 읽는 순간, '찾았다!' 싶었다. '울 때마다' 옆에 '닮게 된 얼굴'을 적어 놓고 한참 들여다보았다.

'울 때마다 닮게 된 얼굴……'

이런 순간 어김없이, 좋은 제목을 찾아 헤매는 편집자를 도와주는 건 본문 속 또 다른 단어다. 그 장에 이런 문장이 나타났다.

그러나 엄마가 울 때면 나는 곧바로 엄마와 비슷한 얼굴이 되었다.

사실 이슬아 작가님은 처음엔 이 긴 문장형 제목을 주저했다. '다정한 날들'이라는 너무 도드라지지 않고 감상적이지 않은 담담한 제목을 원했다. 하지만 나는 이 놀랍고 반짝이는 신인 작가의 책 제목으로 지나치게 고요하고 무던한 제목은 어울리지 않는다고 생각했다. 개성 있고 튀는 제목 안이 필요했고 작가님이 '난자卵子 친구'를 제안했다. 이것은 모녀 관계를 칭하는 통쾌하고 혁명적인 제목이어서 내 마음을 끌었지만, 너무나 직접적이고 저돌적인지라 이 책의 주 독자가 될 2030 여성들이 전철에서 꺼내 들고 있기가 망설여지는, 이를테면 '쾌변 요구르트!' 같은 이름인 듯해 마음을 접었다. 온갖 제목 안을 검토한 끝에 작가님과 나는 결국 본문에서 찾아낸 '나는 울 때마다 엄마 얼굴이 된다'라는 문장을 제목으로 낙점했다.

본문 브레인스토밍을 통해 뽑은 제목은 이 외에도 무수히 많다. 세월호 유가족과 그들을 응원하는 시민들이 결성한 416합창단의 책 가제는 '사랑은 지치지 않는다'였다. 나는 대중적이면서도 합창단원들의 단단한 마음이 느껴지는 이 제목이 좋았지만, 416합창단원과 세월호 유가족들은 '우리를 위한 단 하나의 제목은 아닌 것 같다'고 주저했다. 대신 함께 부른 노래 제목 중 하나인 '어느 별이 되었을까'를 책 제목으로 뽑고 싶다고 했다. 그런데 이 제목은 또 내가 그다지 끌리지 않았다.

양쪽 다 흔쾌히 갈 수 없을 땐 어쩌나. 다 버리고 새로 지어야 한다. 게다가 이 책은 내가 '좀더 대중적인 방향으로 가고자 하니 저희 뜻을 따라주세요'라고 절대 고집할 수가 없는 책이었다. '세월호 엄마 아빠들의 마음이 담긴, 우리만을 위한 제목을 갖고 싶다'는 그분들의 바람에 무슨 군말을 붙이겠는가.

기존 가제들을 모두 버리고 원점에서 '제목 짓기를 위한 일독'에 들어갔다. 세월호, 슬픔, 엄마, 눈물, 별, 배, 바다, 잊지 않을게, 목소리, 합창, 노래 등의 먹먹한 단어들이 떠돌던 백지에 단원고 2학년 7반 고 이준우 군 어머님의 한 문장이 내리꽂혔다.

내 아픔 흐느낌 속에 너를 다시금 불러서 너희들이 다시 온다면.

이 문장을 보는 순간 이상하게 마음이 울렁거렸다. '너를 다시금 불러서 너희들이 다시 온다면', '너를 불러서 너희들이 온다면'……, 한참을 중얼거리다가 이미 백지에서 떠돌던 '노래'라는 단어를 이 문장에 끼워 넣어보았다.

'노래를 불러서 네가 온다면.' 출판사와 합창단 사이

에 갈렸던 의견이 이 제목으로 완벽하게 합쳐졌다. 저자가 꼭 내 마음을 읽어 낸 것 같다고 반기는 제목을 발견했을 때, 그 어떤 이견 없이 나도 동료들도 충분히 지지하고 좋아하는 제목을 지었을 때, 나는 행복하다.

'본문을 잘 읽고 제목을 짓는다'는 건 매우 원칙적이고 쉬운 요령 같아 보이지만, 그만큼 간과되기 쉬운 부분이다. 대부분의 편집자가 제목을 지을 때 교정지를 펼쳐 놓고는 있지만, 차례와 소제목, 작가의 말, 미리 뽑아 둔 가제목, 교정 볼 때 밑줄 그어 두었던 주요 문장 근처에서만 서성거린다. 편집자에게 제목 안을 뽑아오라고 했을 때 너무도 엇비슷한 분위기의 제목 안들만이 줄줄이 늘어서는 건, 대체로 머릿속에서 제목이 될 법한 단어와 문장에 이미 괄호를 쳐 놓고 그 안에서만 머물기 때문이다. 책 제목을 뽑아야 하는 이 결정적 순간에는 편집자가 아니라 순수하게 독자로 돌아가야 한다. 에세이 속 문장과 단어를 천천히 즐기고 필사하듯 메모하며, 각각 다른 페이지에서 발견한 단어들을 자유자재로 연결해 보는 이 본문 탐험의 여정은 제목의 영역을 확장해 준다.

하지만 본문을 이 잡듯이 뒤지고, 이 단어 저 구절을

수없이 연결해 봐도 끝끝내 본문에서 제목이 찾아지지 않는 원고도 물론 있다. 막막하다. 이럴 때 나는 교정지를 잠시 내려놓고 작가에게 간다. 두 발로 직접 찾아가 작가와 수다를 떨기도 하고, 작가가 이전에 쓴 다른 책을 읽으며 작가의 다른 부분들을 '상상한다.'

내가 편집한 김훈 선생님의 산문집 두 권은 모두 나만 아는 '작가와의 대화'에서 제목이 탄생했다. 『라면을 끓이며』는 특히 내가 아끼는 제목이다. 이 제목이 정해지기 전까지 숱한 제목 안들이 있었다. '손과 발' '살아온 날들의 기억' '가까운 글쓰기' 등등. 하지만 김훈 선생님의 이전 산문집들이 『밥벌이의 지겨움』, 『너는 어느 쪽이냐고 묻는 말들에 대하여』처럼 압도적인 좋은 제목으로 나왔던 터라, 나는 최소한 그만큼의 파급력을 가진 인상적인 제목을 짓고 싶었다. 무엇보다 내가 느낀 원고의 생생한 질감이 제목에서도 느껴졌으면 좋겠다고 생각했다. 너무 추상적이거나 멋스러운 제목보다 구체적이고 예리하고 군더더기 없는 선생님의 문장을 닮은 제목을 붙이고 싶었다.

본문을 아무리 뒤져도 좋은 제목이 떠오르지 않아 허덕이다가 김훈 선생님을 찾아갔다. 그날 점심을 먹으러 찌개집에 가서 라면사리를 뽀개 넣다가 내가 무심히 말했다.

"선생님 이번 원고에서 전 「라면」이 정말 좋아요!"

내가 여태 제목을 확정하지 못하고 비틀거리고 있다는 걸 알고 계시던 선생님께서는 문득 이렇게 말씀하셨다.

"······그럼 책 제목을 '라면을 끓이며'라고 할까?"

듣는 순간, '이거다! 끝났다!' 싶은 제목이 있다. '라면을 끓이며'가 그랬다. 그런데 정작 회사로 돌아오니 의견이 엇갈렸다. 김훈 선생님의 진중하고 묵직한 이미지와 맞아떨어지지 않는다는 의견, 선생님께서 젊은 시절부터 지금까지 평생 써 오신 산문을 감당하기에는 제목이 너무 가볍지 않느냐는 의견, 책에 수록된 산문 「라면」은 한 장 남짓의 짤막한 에세이인데 그 글을 표제작으로 삼기에는 과해 보인다는 의견 등이었다.

하지만 마케터들은 『라면을 끓이며』라는 제목에 열광했고, 나 역시 이 제목으로 가야겠다는 확신이 들었다. 다만 글과 작가의 무게감에 비해 제목이 다소 가벼운 게 아닌가 걱정하는 목소리들이 있어 선뜻 이 좋은 제목을 낙점하지 못하고 있는 사정을 선생님께도 슬며시 전해 드렸다. 선생님은 이렇게 답하셨다.

"라면은 가벼운 것이 아니다. 라면은 한국 사람에게

'밥'과 똑같은 무게를 가진 음식이다. 내가 누구도 라면을 허투루 여길 수 없는 새 글을 써 보겠다."

며칠 후 선생님은 실제로 「라면을 끓이며」라는 제목의 긴 에세이를 보내오셨다. 라면이 "정서의 밑바닥에 인 박여" 있는 사람만이 쓸 수 있는 명문이었다. 나는 이 원고를 바탕으로 더욱 자신 있게 『라면을 끓이며』라는 제목을 밀어붙일 수 있었다.

김훈 선생님과는 이후의 산문집 『연필로 쓰기』를 작업하면서도 제목을 결정하기까지 긴 이야기를 나누었다. '누항사陋巷詞─후진 거리의 노래' '먼지 속에서' 등의 제목 안들 가운데서, '저녁의 목마름'이라는 제목을 뽑아 놓았지만, 어쩐지 '이거다!'의 순간이 찾아오지 않아 내내 마음이 같은 자리를 맴돌 무렵이었다.

선생님 작업실에 찾아갔는데, 그날따라 유독 선생님 책상에 눈이 갔다. 책상에 쌓인 지우개 가루를 쓸어 내는 작은 빗자루 끝이 나달나달해져 있는 것이 보였다. 김훈 선생님은 컴퓨터를 사용하지 않고 원고지에 연필로 글을 쓰시기 때문에, 나는 선생님의 육필 원고를 받아서 정리한다. 그날 "선생님께서 연필로 글을 쓰는 작가여서 정말 좋다"고 말씀 드렸더니, 선생님께서 내게 정진규(1939~2017) 시인의 「연필로 쓰기」라는 시가 있으니 한번 찾아 읽어 보라 하셨다.

　사무실로 돌아와 시 「연필로 쓰기」를 읽다가 김훈 선생님의 글쓰기를 이보다 더 담담하고도 정확하게 표현한 말이 있을까 생각했다. '연필로 쓰기'라는 말은 선생님의 글쓰기와 산문을 표현하는 말 그 자체 같았다. 그리하여 이 시가 수록된 책을 펴낸 출판사에 냉큼 문의하고, 책 일러두기에 출전을 밝힌 뒤 『연필로 쓰기』를 제목으로 낙점했다. 이번에도 우여곡절 끝에 책 제목을 정하자 김훈 선생님은 웃으며 이렇게 말씀하셨다.

　"제목은 가까운 데 숨어 있다."

　그러면 본문에서도, 작가와의 대화나 작가의 삶 가까이 있는 것들에 대해 아무리 생각해 봐도 끝내 제목이 안 떠오를 때, 그다음엔 어떻게 해야 하는 걸까? 이럴 때 나는 원고와 작가마저 잠시 떠나 독자들의 생각을 엿볼 수 있는 데로 가 본다. 제목을 발견하는 마지막 루트는 포털 사이트·뉴스·SNS에서 작가와 책의 주제에 대해 보통 사람들이 하는 말을 뒤지는 것이다. 때로 거기에 대중이 원하는 가장 단순하고 정확한 제목의 힌트가 숨어 있다.

　일본 소설가 히라노 게이치로의 독서 에세이 『책

을 읽는 방법』은 도무지 좋은 제목이 생각나지 않아 머리를 쥐어뜯다가 포털 사이트에서 '발견'했다. 이 책은 독서를 잘하기 위한 '슬로 리딩' 독서법에 대해 들려주는데, 이 낯선 단어를 책 정면에 내세우기엔 부담스러웠다. 제목 브레인스토밍을 하다하다 지쳐서, '독서' '책' '읽기' '독서법' 이런 단어를 네이버 검색창에 넣고서, 요즘은 이런 주제에 대해 어떤 책이 나오고 네티즌들은 뭐라고들 하는지 들여다보았다. 그런데 그 순간 내 눈에 들어온 건 책 정보나 블로그가 아니라 '네이버 지식인'에 줄줄이 늘어선 질문들이었다.

'책 읽는 방법을 알려 주세요.'

'책 재미있게 읽는 방법?'

'책 잘 읽는 방법 좀.'

대중은 유명한 누군가의 특이한 독서법이 아니라 '책을 읽는 방법' 그 자체에 대해 묻고 있었다. 책을 읽고 싶지만 아예 어떻게 읽어야 할지 몰라 질문을 던지는 사람들이 이렇게나 많다니! 놀랍게도 그때까지 '책을 읽는 방법'이라는 정석에 가까운 제목을 붙이고 나온 책도 없었다. 나는 곧장 이 제목을 제안했고, 책으로 출간된 『책을 읽는 방법』은 예상 판매치를 훌쩍 뛰어넘었다.

외서 『아, 보람 따위 됐으니 야근수당이나 주세요』

의 한국어판 삽화가로 섭외했다가 책 저자보다 더 큰 인기를 모아 단행본 작업을 하게 된 양경수 작가님의 단독 그림 에세이를 준비할 때는 제목의 힌트를 '뉴스'에서 얻었다. 양경수 작가님의 그림들이 큰 화제를 모으면서 '일하기싫어증' '상사병'이라는 신조어가 직장인들 사이에 유행하고 있다는 기사를 보고, 나는 책 제목에 '일하기싫어증'을 꼭 넣어야겠다고 마음먹었다.

내 컴퓨터의 기출간 책 폴더에는 책마다 끝내 채택되지 못한 제목 안 파일들이 들어 있다. 제목을 지어 놓은 다음날 아침에만 열어 봐도 손발이 오그라들고, 한 1년쯤 지난 후에는 '어휴, 이 제목으로 안 나오길 천만다행이다!'라고 가슴 쓸어내리게 하는 '제목의 흑역사'가 가득한 파일이다. 누가 훔쳐볼까 무서운 그 실패한 제목들을 볼 때마다 제목은 편집자가 어느 날 번뜩이는 영감을 받아 일필휘지로 짓는 것이 아니라 무수한 삽질 끝에 겨우 찾아내고 발견하는 것이란 생각을 자주 한다.

나는 무난하고 적당한 제목이 싫다. 그래서 '아, 내가 고작 이런 제목밖에 못 짓나' 싶은 자괴감을 딛고, 작가와 독자에게 더욱 눈에 띄고 새롭고 재미난 제목을 제안하려는 시도를 멈추지 않는다. 책을 만들면서 편집자가 부득이하게 모든 것을 다 양보하고 받아들이고 내려

〔2〕 '제목발' 무시하지 마라, 너는 한 번이라도
제목으로 책의 운명을 움직여 보았는가

놓아야 한다손 쳐도, 제목만은 절대 '적당히 괜찮은' 수준에 머무르면 안 된다고 생각한다. 제목을 포기하는 것은 더 크게 확장될 수 있는 이 책의 예비 독자를 포기하는 것이다. 그리고 그것은 어쩌면 편집자로서 거의 모든 것을 포기하는 일일지도 모른다.

{ 3 }

띠지 문안은 편집자의 간판이다

눈에 띄지 않으면 띠지가 아니니까

영혼의 단짝처럼, 다정한 친구처럼, 가족처럼, 동반자처럼 책 만드는 과정에서 저자와 편집자는 서로 의지하며 가깝게 지낸다. 서로의 안부를 묻고 오늘은 어딜 가는지 무엇을 하는지 작업 진행 상황은 어떤지 시시콜콜 근황과 농담을 주고받는 시간을 보내고 나면, 책 편집이 끝나가는 순간이 아쉽게 느껴질 때도 있다. 작가가 나를 전적으로 믿어 주고, 내 머릿속에 지금 편집 중인 원고와 작가에 대한 기대와 상상이 가득 차 있을 때 나는 뿌듯하다.

그런데 이렇게 작가들과 잘 지내는 것을 자랑으로 여기는 내게도 편집 과정 중 '냉전'의 순간은 찾아온다.

끊임없이 주고받던 훈훈한 카톡이 끊기고 작가의 침묵이 이어진다. 혹은 득달같이 전화가 걸려 와 작가가 절규에 가까운 화를 낼 때도 있다. 이런 순간은 주로 내가 띠지 문안을 공유했을 때 찾아온다.

띠지 문안은 편집자의 간판이다. 독자의 눈에 '띄지' 않으면 띠지가 아니라는 말은 그저 출판계에 떠도는 말장난이 아니다. 띠지 문안을 쓰는 요령은 의외로 간단하다. 어떻게든 이 책이 눈에 띄게끔, 팔리게끔 쓰는 것이다.

나는 책을 편집할 때 모든 영역과 순간에서 작가의 마음을 열심히 살핀다. 내가 좋아서 섭외하고 함께 작업한 작가가 나와 함께 만든 이 책을 마음에 들어하고 오래 자랑스러워하길 바란다. 책은 읽히기 위해 만들어지는 것이지만, 그전에 우리 스스로 간직하기 위해 만드는 것이기도 하다. 책의 주인공인 작가는 그래서 내게 언제나 모든 일의 1순위다.

그러나 유일하게 내가 작가의 마음을 2순위로 미뤄놓는 영역이 있으니, 바로 띠지다. 띠지는 출판사와 편집자의 광고 영역이다. 나는 띠지는 작가보다는 독자의 마음에 들게 쓰려 노력한다. 아니, 일단 독자의 '눈'에 들게끔 쓴다는 것이 정확하겠다. 그러다 보니 이 휘황한 네온사인 광고판을 만드는 시점에서는 작가와 종종 부

딮친다.

김이나 작가님의 첫 책 『김이나의 작사법』 띠지 문안을 나는 매우 빨리 썼다. 독자에게 보여 주어야 할 정보가 분명했다. '대한민국 작사가 저작권료 1위.' 게다가 이 책에는 아이유·윤종신·윤상 등 쟁쟁한 뮤지션들의 추천사까지 들어 있었다. 그런데 이 확실한 정보들을 담은 띠지 문안을 보자마자 김이나 작가님에게서 탄식이 터져 나왔다.

"으악, 연실아 제발!"

한동안 작가님과 나 사이에 공방전이 오갔다. 김이나 작가님이 '대한민국 작사가 저작권료 수입 1위'라는 것은 엄연히 팩트였다. 한국음악저작권협회에서 해마다 저작권료 수입을 산출해 언론 보도까지 된 마당에 왜 이것을 노출하면 안 된단 말인가. 그러나 작가님은 이건 마치 누가 자신의 이마에 '너는 얼마짜리!'라고 딱지를 붙이는 것 같은 느낌이라고 호소했다. 작가님 본인도 대중예술 분야에서 일하며 팔리는 일의 중요성을 뼛속 깊이 새기고 있고 세상 그 누구보다 이 책이 잘되길 바라지만, 저작권료 수입으로 작사가의 능력치를 자랑하는 이 노골적인 카피는 아무리 생각해도 민망하고 동의할 수 없다고 했다.

추천 글을 써 준 아티스트 명단을 띠지에서 강조하는 것도 괴로워했다. 아이유·윤상 같은 아티스트들이 작가님을 응원하고 추천 글을 써 준 것은 너무나 감사하고 자랑스러운 일이지만, 띠지에 굳이 이렇게 큰 폰트로 쓸 필요가 있느냐는 것이었다. 이들은 작가님에게 앞으로도 오래 봐야 할 아티스트인데, 그 이름을 이렇게 띠지에 전면적으로 드러내어 책을 파는 일이 내키지 않는다고 했다. 워낙에 파워풀한 뮤지션이니만큼 조심스럽고, 소심하게 책 뒤표지에만 있었으면, 작가님 본인이 이 아티스트의 이름을 소중히 여기듯이 편집자인 나 또한 그렇게 대해 주었으면 했다.

작가님의 호소와 설득은 진중하고 깊었다. 그러나 나는 아무리 궁리해도 이 자리에 넣어도 좋을 만한, 더 힘 있는 카피가 떠오르지 않았다. 지금은 김이나 작가님이 방송도 자주 하고 이름과 얼굴만 봐도 많은 이들이 대번에 알아보지만, 2015년 첫 책 출간 당시 작가님은 방송이나 인터뷰에 꽤 드물게 응했기 때문에, 김이나 작가님의 업과 이력을 알리려면 확실한 카피가 필요하다고 생각했다.

작가님이 내 띠지 문안에 경악했던 날, 집에 돌아와 작가님께 긴 편지를 썼다. 이 책이 잘되리라는 확신과 열정을 담아 간곡하게. 그러나 그간의 무수한 출간 제의에도 불구하고 한 업을 10년쯤은 해야 책을 쓸 수 있다는 믿음으로, 오랜 시간 자신의 이야기를 가다듬고 숙성시켜 왔을 작가님에 대한 존경과 애정을 담아서. 그날 띠지 문안을 두고 옥신각신하며 내가 애타고 갑갑했던 것만큼이나, 작가님은 내가 무조건 책을 많이 팔겠다는 욕심에 급급해 작가의 마음과 간절함은 안중에도 두지 않는 편집자처럼 느껴져 실망스럽고 힘드셨을 것이다.

나는 편지에 작가님이 끝까지 반대하시는 것은 그 어떤 문장도 책이든 띠지에든 올리지 않겠다고 약속했다. 다만 작가님의 불편한 마음을 무릅쓰고 이 '노골적이고 상업적'인 듯 보이는 카피가 필요하다고 확신하는 이유를 조곤조곤 썼다. 그리고 '저작권료 1위'라는 수입을 강조하는 딱지가 작가님께 도저히 받아들일 수 없는 일이라면 그 부분은 접더라도 나머지 반쪽 아이유·윤상 등의 아티스트가 추천한 책이라는 내용은 부디 띠지에 밝히게 해 달라고 부탁 드렸다.

그러면서 한 가지 더 약속했다. 책이 잘 나가서 일정 부수 이상 발행하면, 이 모든 띠지 문안을 삭제하고 교체하겠다고. 내 편지를 본 김이나 작가님은 저작권료

1위 카피는 끝내 고사했지만, 추천 아티스트들의 이름은 띠지에 담을 수 있도록 허락해 주었다. 출간 후 『김이나의 작사법』은 내 기대보다도 훨씬 빠른 속도로 팔려 나갔고, 나는 기분 좋게 띠지 문안을 교체했다.

작가를 한껏 띄우고 대놓고 광고하는 띠지 문안은 작가 본인에겐 민망하고 부끄러운 것이 당연하다. 그래서 띠지 문안을 두고 끝내 작가와 생각이 엇갈릴 때, 나는 1쇄 때는 일단 편집자의 의견을 들어주시면 온 힘을 다해 이 책을 알린 후 책이 어느 정도 팔린 뒤에 그때도 여전히 맘에 걸리신다면 기꺼이 띠지 문안을 바꾸겠노라고 말씀드린다.

어차피 책의 운명이란 어찌 될지 모르니 일단 작가에게 공수표를 날리며 내 의견을 관철하려는 수작이 아니냐 의심하는 이도 있겠지만, 실제로 꼭 필요하다고 생각해서 고수한 카피를 책에 쓸 경우 나는 더 막중한 책임감을 느낀다. 잘 팔리려고 쓴 카피이므로 실제로 잘 팔아야만 한다는 부채감을 갖는 것이다.

이슬아 작가님의 『나는 울 때마다 엄마 얼굴이 된다』의 1쇄 띠지에 나는 'SNS 세계의 셰에라자드'라는 표현을 썼다. 매일 어김없이 마감하고 매일 독자들이 설레는 마음으로 메일함을 열어 보게 하는 연재 글을 발송

하는 이슬아 작가님에게 '셰에라자드'라는 별칭보다 딱 떨어지는 비유는 없다고 생각했다. 이슬아 작가님은 화들짝 놀라며 이런 말을 써도 될지 주저했으나, 스스로도 편집자이자 발행인이기도 한 작가님은 결국 내가 선택하고 미는 카피를 존중해 주었다. 비록 지금까지도 가끔 친구들로부터 '셰에라자드'라는 놀림을 받는다는 후일담을 전해 주었지만 말이다. 내가 원하는 만큼 책이 충분히 알려진 후, 'SNS 세계의 셰에라자드'는 띠지에서 뺐다. 그러나 지금도 인터뷰나 팟캐스트 등에서 이슬아 작가님을 '셰에라자드'로 부르는 사람들을 보면, 내심 흐뭇하다. 내가 지은 카피나 작가의 별칭이 회자된다는 것은 그만큼 특이하고 읽는 이의 뇌리에 박혔다는 것이고, 그것은 내가 정확히 의도한 것이기 때문이다.

　나는 띠지 문안을 쓸 때는 때로 작가의 수줍음뿐 아니라 그 작가가 지금까지 쌓아 온 이미지, 작가에 대해 잘 안다고 생각하는 사람들의 고정관념마저 넘어서야 한다고 믿는다.

　히라노 게이치로의 『책을 읽는 방법』 띠지 메인 카피는 '프로 독서가의 기업비밀 — 히라노 게이치로의 지독遲讀한 독서법'이었다. 책이 출간된 후 자기계발서도 아니고 아쿠타가와상까지 받은 문인의 책에 '쌈마이' 느낌이 물씬 나는 '기업비밀'이 웬 말이냐는 걱정 어린 의견을 꽤 들었던 걸로 기억한다.

그러나 나는 지금도 이 카피를 내가 쓴 베스트 띠지 카피 중 하나로 꼽는다. '책을 읽는 방법'이라는 제목이 지칭하는 범주가 넓고 정석에 가까운 분위기를 풍기는 만큼, 띠지 카피는 날카롭고 저돌적이어야 한다고 생각했다. 일본 문학을 잘 모르는 사람이라도, 히라노 게이치로의 책을 단 한 권도 접해 보지 못한 사람일지라도, 전문적이고 전략적으로 독서하는 사람의 '지독한' 비밀을 습득하고 싶어지면 좋겠다고 생각했다.

이 책은 내가 편집 일을 시작한 지 채 1년이 안 되었을 때 만들었지만, 나는 제 소임과 역할을 다하는 띠지는 도드라지게 '눈에 띄는' 만큼 누군가에게 욕을 먹을 수도 있다고 생각했다. 그리고 그렇게 욕먹는 것을 피하거나 두려워하지 않기로 했다. 띠지는 두려움 없이 과감하게, 눈에 띄게, 온 힘을 다해 편집자가 원고와 내 작가를 자랑하고 홍보하는 공간이기 때문이다.

나는 '편집자' 앞에 오는 온갖 수사 가운데 고경태 편집장님이 쓴 '유혹하는 편집자'라는 말을 특히 좋아한다. 띠지는 제목에 이어 '유혹하는 편집자'가 가장 맹렬하게 일해야 할 자리다.

　얼마 전 한 도서관에 편집자에 관한 강의를 하러 갔다가 얼굴이 시뻘겋게 달아올랐다. 내 강의를 알리는 홍보 포스터에 김난도·김이나·김훈·이슬아·하정우 작가 등의 책을 만든 편집자라고 소개되어 있었다. 내가 이 분들의 책을 편집한 것은 사실이므로 딱히 거짓말이나 과장이라고 할 순 없지만, 내 사적인 강의에 작가님들 이름이 줄줄이 소환되어 함께 올라 있는 것을 보니 민망하기 짝이 없었다. 내 띠지 문안을 보고 "연실아, 제발……"을 외쳤던 무수한 작가님들 심정이 이러했을까.

　하지만 한편으로는 이런 생각도 들었다. 그 포스터에 내 이름과 직업만 정직하게 내걸었다면 그 강의의 좌석이 채워질 수 있었을까. 도서관 사서님은 내 강의에 대한 호기심을 돋우고, 청중이 더 늘어날 수 있도록 최선의 전략을 세워 홍보 포스터를 만든 것이었고, 덕분에 실제로 나는 그 도서관에서 훌륭한 독자들과 잊지 못할 대화를 나눌 수 있었다.

　책을 파는 일, 특히 에세이를 판다는 것은 과격하게 말하자면 '작가가 제 삶의 일부를 파는 일'이다. 작가의 경험과 삶 가운데 가장 예민하고 잊을 수 없는 부분을 내다 팔아야만 한다. 나는 책 만드는 과정에서 그 두려움과 무게감, 그로 인한 파장을 잊지 않으려 한다. 그와 동시에 작가가 삶의 일부를 떼어 내 만든 책이 외면받지 않고 잊히지 않도록, 어떻게든 독자에게 선택받는 에세이를 만들려 노력한다. 이 과정에서 편집자가 힘주어야 할 일이 바로 띠지 문안 만들기이다.

없느니만 못한 띠지 문안은 쓰지 말자. 정말 중요한 말이 아닌 이상 표지에 이미 쓴 단어와 표현도 재탕하지 말자. 작가 스스로 자기 자신에게는 차마 못 쓸 최고의 찬사와 수사 그리고 독자의 눈과 손이 거부할 수 없는 강력한 카피를 찾아내는 것은 우리 편집자의 일이어야 한다.

나는 책 제목은 시간이 많이 흐른 뒤에 보았을 때도 창피하면 안 되지만, 띠지 문안은 편집자나 작가나 약간 멋쩍고 창피해져도 좋다고 생각한다. 내 작가가 지금보다 훨씬 더 잘돼서 내가 쓴 최상급의 찬사들마저 촌스럽게 느껴지고 멋쩍어질 날, 이 작품이 내 작가의 레전드가 되어 몇 번이고 띠지 문안을 바꿀 날을 나는 기다린다. 그리고 그날이 하루라도 빨리 오도록, 나는 내 작가에게 가장 눈에 띄고 화려하고 단단한 간판을 달 줄 아는 간판장이가 되고 싶다.

에세이 편집자의 컴퓨터엔
자기만의 갤러리가 있어야 한다

'예쁜 책들의 전쟁터'에서 살아남는 법

나는 디자인 감각이 좀 딸리는 편집자다. 신입 시절, 포스 넘치는 디자이너 선배들 앞에 떨리는 손으로 발주서를 내밀면서 '세련되면서 강렬하고 2030 여성 독자들이 좋아할 만한 스타일의 그 어떤 느낌적인 느낌으로다가 디자인 부탁드립니다'식으로 중언부언 말하고 자리에 돌아오면, 나 자신이 싫어졌다. 북디자인은 욕심나고 기대되고 완성되었을 때 가장 황홀함을 느끼는 영역이지만, 결코 내가 직접 구현해 낼 수 없는 막막한 미로였다.

그러면서도 나는 디자인 발주서에 '기존에 나왔던 어떤 책의 포맷, 판면 기준으로 잡아 주시면 됩니다' 같은 말은 죽어도 쓰기 싫었다. 에세이는 책마다 각각의 얼굴과 옷차림이 있어야 마땅하고, 특히나 내가 맡은 책은 어딘가 다른 표정을 짓고 있었으면 했다. 에세이 매대는 '예쁜 책들의 전쟁터'다. 이 전쟁터 한복판에서 살까 말까 망설이며 본문을 후루룩 넘겨 보는 독자의 눈길과 손길을 붙들 한 페이지를 만들어 내는 데는 '한 끗'이 다른 디자인의 힘이 꼭 필요했다.

내가 에세이를 만들면서 가장 큰 영향을 받은 편집자 선배이자 나의 팀장이었던 최지영 선배는 북디자인에 대한 '바보 같은 집념'을 가진 편집자였다. 미술서 편집자 출신의 그는 아름다움에 대한 또렷한 감각을 갖고 있었다. 하지만 그 아름다움은 결코 편집자가 막연하게 기다리거나 디자이너 옆에서 이리저리 '썰'만 푼다고 해서 절로 주어지는 것은 아님을 그는 알고 있었다.

우리 팀에서 『유정아의 서울대 말하기 강의』라는 책을 만들 때였다. 늦은 시간까지 바빠 보이는 그에게 "팀장님, 뭐하세요?" 물었는데, 그는 한창 무료 이미지 사이트를 서칭하는 중이었다. 각 챕터의 장 제목 옆에 어울리는 조그만 이미지들을 찾아 폴라로이드 사진 모양으로 넣어 주고 싶다는 것이었다.

"이걸 챕터마다 일일이 찾겠다고요?"

"응, 유정아 선생님 목소리처럼 책이 예뻤으면 좋겠어. 근데 이거 사실 별로 티도 안 날 텐데. 난 정말 왜 이러는 걸까?"

"그러게요? 팀장님은 대체 왜 그래요? 왜 사서 고생해요?"

이렇게 받아치며 깔깔 웃었지만, 실은 알고 있었다. 그가 편집한 책에는 언제나 그만의 다정한 '인장'이 있었다. 어떤 분야의 책을 만들든 그는 책에 부드럽고 따듯한 표정을 불어넣었고, 독자를 자연스레 책 속으로 초대하는 능력이 있었다. 심지어 그런 디자인을 이끌어 내는 과정까지도 그러했다.

그는 디자이너에게 '뭐라도 쫌 더 해 보라' '이건 싫으니 다른 걸 보여 달라' 닦달하고 지시하는 사람이 아니었다. 디자인에 필요한 이런저런 아이디어와 자료를 보따리장수처럼 바리바리 싸 들고 있다가 하나씩 꺼내 보이며, '이건 어떨까? 저건 어떨까?' 다정하게 말을 걸고 아이디어와 영감을 주는 편집자였다. 책의 아름다움이 무엇인지 알고, 그것을 함께 구현할 사람을 아끼고, 혼자 있는 시간에는 그 아름다움을 꾸릴 비장의 무기를 열심히 쟁여 두니, 그가 만드는 책은 빛날 수밖에 없었다.

부끄러운 얘기지만, 나는 편집자가 되기 전에는 갤러리나 미술 전시회에 가 본 적 없는 미술 무지렁이에 가까운 인간이었다. 하지만 편집자가 되고 보니 내 주변의 훌륭한 에세이 편집자들은 머릿속에 자기만의 미술관을 하나씩 갖고 있었다. 본문 삽화나 사진이 필요할 때, 표지가 막혀 잘 풀리지 않을 때, 그들은 무턱대고 디자이너를 닦달하거나 후배들을 조져 대지 않았다. 그럴 때면 그저 자기만의 미술관에 조용히 들어가 막힌 실마리를 풀 이미지와 화가들을 찾아 데리고 나오곤 했다. 신입 편집자일 때 나에겐 그런 컬렉션이 전혀 없었고, 미적 감각조차 없었다. 뒤늦게나마 나만의 갤러리를 컴퓨터와 휴대전화에 바삐 꾸리기 시작한 건 그 때문이었다.

좋은 이미지를 보면 악착같이 모으고 저장하기 시작했다. 요즘은 그라폴리오처럼 '꾼'들이 모여 있는 대형 플랫폼이 많지만, 내가 좀더 눈여겨보는 곳은 자기만의 취향과 기준으로 화가와 작품을 소개하는 개인들의 SNS다. SNS를 둘러보면 자신의 기분과 감정을 그림으로 대신 말하는 일반인이 많다. 신진 화가와 고전 화가, 국내 작품과 해외 작품을 아울러 아름다운 이미지와 미술, 사진 작품을 차곡차곡 포스팅하는 그 '미술 친구'들은 나처럼 어떻게 미술의 세계로 들어서야 할지 알지 못하는 초심자들을 위한 친절한 길잡이다.

나는 그들이 소개하는 이미지를 캡처해 두었다가, 작가 명을 포털 검색창에 넣고 다른 작품도 열심히 감상한다. 그리고 미술사적인 의미나 세간의 평가와는 관계없이 내 기준에서 아름다워 보이고, 책이라는 액자에 잘 어울릴 것 같은 그의 대표작들을 정리해 둔다. 그러고는 그 보물 같은 이미지를 꺼내 써먹을 멋진 원고가 나타나길 기다린다!

오랫동안 풍요롭고 단단한 '자기만의 미술관'을 가슴에 꾸려 온 편집자 선배들에 댈 바는 아니지만, 수년간 이렇게 의식적으로 이미지를 모으고 저장했더니 '이연실 갤러리'도 알토란같이 채워지고 있다.

2019년에는 작가들의 치정과 열애사를 담은 '40금'(김훈 선생님의 표현이다!) 도서 『미친 사랑의 서』를 만들면서 아껴 두었던 '비장의 그림' 한 컷을 표지 이미지로 내걸었다. '이연실 갤러리'에는 유난히 '책 읽는 사람들의 모습'이 담긴 그림과 사진이 많다. 그중 중국 출신의 화가 원우文俉의 유화를 나는 특히 아꼈다. 원우의 그림에는 친근한 동양인과 책이 등장하지만, 어딘가 좀 낯설고 독특한 기운이 감돈다. 원우의 그림 속 인물은 책을 읽는 것이 아니라 어쩔 수 없이 책과 연결되어 있는 것처럼 보인다. 책을 머리에 이고 있거나 책에 파묻혀 있거나 때론 책을 애무하는 것 같다. 책을 데리고 살아가다가 약간 미쳐 버린 사람들 같달까.

나는 언젠가 환장할 것 같은 열기가 배어 있는 원고를 만나면, 원우의 그림을 꼭 표지로 쓰고 싶다고 생각했다. 게다가 이 책의 원제는 '책 표지 속의 작가들'Writers Between the Covers인데 한국어판 제목을 다소 자극적으로 바꾸었으므로, 표지는 최대한 우아하고 고상하게 가야겠다는 작전을 세워 둔 참이었다. 뜬소문을 엮은 삼류 '찌라시'처럼 보이지 않도록 작가들의 사랑과 증오와 삶과 작품이 뒤엉켜 춤추는 기묘한 느낌을 주면 좋겠다고 생각했다.

'이연실 갤러리'에서 오랫동안 자신과 결이 맞는 '미친' 원고를 기다리던 원우의 유화는 그렇게 책 표지가 되었다. 그리고 작가의 유명세도, 눈길 가는 추천사도 없었던 『미친 사랑의 서』가 거듭 중쇄를 찍는 데, 표지의 독특함과 아름다움이 한몫했다는 이야기를 들었다.

이렇게 나는 내 갤러리에 모아 두었던 이미지를 디자이너에게 적극적으로 전달하고 보여 주지만, '반드시 제가 찾아온 이미지로 디자인 잡아 주세요!'라고 주장하지는 않는다. 그건 무례하고 무식하기까지 한 일이기 때문이다.

나는 북디자인에서 기본적으로 디자이너의 감각과 해석을 믿는다. 내가 애써 찾아서 전달한 이미지를 시안에 쓰지 않으면, '아, 내가 떠올려 본 그림이 영 안 맞았나 보구나' 생각한다. 그러나 설사 그렇다 하더라도 내가 주섬주섬 모아 전한 그림이 전혀 무용한 것은 아니다. 그 이미지들을 보면서 디자이너는 편집자인 내가 원하는 방향성을 읽는다. 혹여 그 방향이 아예 틀려서 다른 길로 가야만 할지라도, 편집자가 제시한 명확한 시각 이미지는 서로의 의견 차를 확인하고 조율하는 나침반이 되어 준다.

한편, 텍스트와 작가에 대해 가장 잘 이해하는 편집자만이 보탤 수 있는 디자인 아이디어도 있다. 나는 『연필로 쓰기』를 편집할 때, 김훈 선생님이 손 글씨를 기증하여 만들어진 무료 서체가 개발되어 있다는 소식을 듣고, 디자이너에게 'KCC-김훈체'를 각 장 제목의 폰트로 쓸 것을 제안했다. 또 김훈 선생님이 육필 원고를 쓰기 시작하실 때는 '시작→', 원고를 마칠 땐 '끝!'이라는 호쾌한 마감 구호와 함께 특유의 종결 기호를 쓰시는 걸 눈여겨봐 두었다가 본문 서두와 말미에 넣자고 했다. 김훈 선생님의 육필 원고 중 가장 인상적인 페이지를 표지 디자인에 활용해야겠다는 생각을 한 것도, 선생님이 쓰시는 진한 흑심 자국이 번져 있는 원고를 내가 직접 받기 때문에 떠오른 생각이었다. 김훈 선생님의 글은 숱한 교정과 지우개질로 완성되는 원고다. 그래서 어떤 페이지에서는 네모반듯한 원고지 칸을 벗어나 꼬불꼬불한 교정 부호가 수없이 가지를 치고, 여백에는 추가 문장들이 빼곡하다. 지우고 더하고 고친 흔적이 가득한 그 원고지 낱장들은 내겐 공들여 만든 누비옷처럼 아름답게 느껴진다.

수백 장의 육필 원고 가운데서 선생님이 글을 쓰고 퇴고한 흔적이 가장 치열하게 느껴지는 두 장을 꺼내 지우개질로 지워진 글자의 흔적까지 보이도록 세심하게 스캔해 속표지 디자인에 활용했다. 김훈 선생님의 육필 원고는 2020년 개관한 한 갤러리에서 전시되기도 했으니, 여느 미술품 못지않게 아름답고 감동적인 작품이라 본 내 생각은 틀리지 않았던 것 같다.

한편 직접적인 디자인 소스를 전달하지는 않더라도 가끔 책 편집 과정에서 혼자 해보는 엉뚱하고 재미난 생각들을 디자이너에게 전하기도 한다. 『오늘 처음 교단을 밟을 당신에게』라는 26년 차 고등학교 선생님의 에세이를 만들 때는, 멀리 떨어져 있던 교사와 학생이 책장을 넘길수록 조금씩 가까워지면 재미있겠다고 생각했다. 그래서 본문 쪽 번호 부분을 플립 북 형식으로 디자인해 보기로 했다. 이 책의 첫 장에서는 선생님 아이콘이 계단 맨 위 칸에, 학생 아이콘은 아래 칸에 멀뚱멀뚱 서 있다. 그러나 페이지가 넘어갈수록 선생님이 한 칸 한 칸 계단을 내려와 마지막 장에 이르면 제일 아래 칸에서 학생과 마주보며 만난다. 책의 핵심 메시지가 디자인에서도 좀더 즉각적으로 구현되도록 편집자가 적극적인 역할을 할 수 있다는 것을 이 책을 통해서 경험할 수 있었다.

요조·임경선 작가님의 『여자로 살아가는 우리들에게』의 본문 디자인을 꾸리는 과정도 험난했지만 특별했다. 두 여성 작가의 교환 일기 콘셉트이니만큼 나는 이 책의 본문을 그냥 활자로만 채우고 싶지 않았다. 처음엔 당연히 일러스트를 발주하려고 했지만, 요조 작가님과 임경선 작가님의 취향이 달랐고, 내 취향 역시 확연히 달라서, 세 사람이 모두 동의하고 좋아할 수 있는 특정 작가의 사진이나 일러스트를 책 전반에 쓰는 것은 거의 불가능해 보였다. 하지만 본문에 검정 활자 외에 이 책의 확실한 시그니처를 더하고 싶다는 생각은 도무지 포기할 수가 없었다.

이 문제의 실마리는 의외로 쉬운 지점에서 풀렸다. 나는 책 내용이 좋고 문장의 힘이 강한 에세이일수록, 밑줄 긋고 싶은 문장을 뽑아 한 번 더 강조해 주는 별면 페이지를 반드시 삽입한다. 이런 포인트 문장이 적힌 별면은, 서점 매대에서 책을 휘리릭 넘겨 보는 독자들의 시선을 잡아채 멈칫하게 만드는 데 유용할뿐더러, 출간 후 독자들의 인스타그램에 인증샷으로 올라와 저절로 '온라인 문장 카드' 역할을 한다. 물론 『여자로 살아가는 우리들에게』에도 꽂히는 문장들이 잔뜩 포진해 있었고, 나는 이 책에선 포인트 문장 별면을 어떻게 꾸밀까 즐겁게 고민하던 와중이었다.

그때 요조·임경선 작가님의 손 글씨가 두 분의 성격만큼이나 확연히 다르다는 것을 발견했다. 감성적이고 캘리그래피처럼 스타일리시한 요조 작가님의 손 글씨와 쏟아져 나오는 자신의 생각을 재빨리 옮겨 쓰려는 어른 여자의 열정과 효율성이 엿보이는 임경선 작가님의 구불구불한 손 글씨는 너무나 달라서 재미있었다. 그어떤 타인의 사진이나 일러스트로도 이 다름과 개성을 표현할 수 없을 것 같았다. 두 작가님의 손 글씨는 각자의 개성을 담은 시그니처 그 자체였다.

본문의 포인트 문장들을 두 작가님께 손 글씨로 받아 최윤미 디자이너님에게 전달했더니, 흑백 구도와 사선을 활용해 세련된 손 글씨 별면을 디자인해 주었다. 여기에 요조 작가님 챕터는 쪽 번호를 상단에, 임경선 작가님은 하단에 배치하며 본문 판면을 과감하게 움직여 주었더니, 먹 1도의 심플한 구도임에도 구석구석 멋스러운 디자인이 완성되었다. 흑과 백, 손 글씨와 활자만으로도 충분히 개성 있고 꽉 차 있는 『여자로 살아가는 우리들에게』의 본문 디자인을 나는 무척 좋아한다.

에세이 편집자가 디자인에 대해 가질 수 있는 가장 나쁜 태도는 아무 생각도, 의견도, 제안도 없는 것이다. 좋은 것도 싫은 것도 없는 무색무취한 편집자는 저마다의 삶과 스타일이 녹아 있는 에세이의 겉모습을 무표정하게 만든다. 그런 편집자가 만든 에세이는 전체적인 꼴이 이상하지는 않지만, 딱히 구석구석 뜯어보고 싶은 마음도 들지 않는다.

저자나 상사에게 디자인 컨펌을 받을 때도 나는 책임 편집자가 확실히 밀고 지지하는 A안이 있어야 한다고 생각한다. 이래도 좋고 저래도 좋거나 이것도 별로고 저것도 별로이지만, 일단 어떻게든 끝나길 바라는 우유

부단형 편집자는 에세이의 생기와 개성을 죽인다.

최악의 편집자는 디자이너에게 수정을 요청할 때 이렇게 말한다.

"이건 작가님이 이래서 싫고, 저건 사장님이 또 안 된대요. 그냥 다시 해야 할 것 같은데요."

좋은 데는 이유가 없어도 되지만, 싫은 것, 불가능한 것, 심지어 디자인을 다시 해야만 하는 상황에는 반드시 근거와 방향, 대안과 새로운 아이디어가 필요하다. 편집자가 아름다운 이미지를 꿈쳐 둔 자기만의 갤러리 그리고 원고와 작가를 근거리에서 관찰하며 모아 둔 아이템은 바로 이런 순간에 당신을 도울 것이다.

〔 5 〕

사람들의 오만가지 디자인 수정 요청 앞에서
주저앉고 싶을 때 우리의 자세

'진상'이 되지 않고 디자이너에게 한 번 더, 라고 말하기

어느 날 편집자로 일하는 친구가 디자인팀에 갔다가 주저앉아 엉엉 울어 버렸다고 했다. 다른 디자이너들이 흘끔거리고 담당 디자이너는 황당해했지만, 그 친구는 그 자리에서 맥을 놓고 울 수밖에 없었다.

'왜? 대체 무슨 일이야?'

'쫌만 참지, 마감 때까지 더 힘들어질 텐데 어떡하려고 그랬어?'

자초지종을 따져 묻기 전에, 그냥 그 친구를 안아 주었다. 실제로 주저앉아 울지만 않았다뿐, 편집자라면 이 막막함과 무너지는 심정을 어찌 모를까.

진짜 마지막인 줄 알았는데 디자이너에게 가서 '한

번만 더'라고 말해야 할 때, 지금까지 겨우겨우 잡아 온 교정지나 표지 시안을 싹 갈아엎고 '처음부터 다시' 해야 할 때, 나도 왜 이렇게 바꾸어야 하는 건지 당최 영문을 모르겠지만 어쨌든 사장님과 마케터와 저자와 그리고 디자인에 정통하다는 저자의 그 숱한 지인들의 요청으로 '뭐라도 다시' 해 봐야 할 때, 편집자는 울고 싶다. 바로 이런 순간마다 편집자가 끼어 있는 존재라는 것을, 혼자서는 아무것도 끝낼 수도, 밀어붙일 수도 없으며 무수한 의견들 사이에서 시달리고 부대끼는 존재라는 것을 뼈아프게 깨닫는다.

게다가 '작작 좀 해라' '편집자가 그거 하나 조율 못 하냐'는 디자이너의 원망 섞인 눈총까지 받고 나면, 결국 반쯤은 이 원고의 편집자이길 포기하고 싶어진다. 될 대로 되라지. 네네, 다들 맘대로들 해 보세요! 그러나 편집자가 이렇게 디자인 디렉팅을 포기하고 무너지기 시작할 때, 나는 책의 운명도 좌초한다고 믿는 사람이다.

내게도 당연히 그냥 다 놓아 버리고 울고 싶은 일이 있었다. 표지 시안은 얼추 정해졌으나 타이포그래피와 바탕색, 그림의 크기와 위치 등이 좀처럼 확실하게 결정되지 않고, 여러 가지 자잘한 수정 요청이 밀려들 무렵이었다. 디자이너 뒤에 딱 붙어 앉아서 이런저런 수정 사항을 바삐 전달하는데, 디자이너가 갑자기 이렇게 말했다.

"아, 잠깐만요, 이렇게 조종하시면 안 돼요!"

"네? 조종⋯⋯이요?"

얼굴이 벌겋게 달아올랐다. 내가 그의 시안을 완전히 버리자는 것도 아니고, 다른 이들의 의견 중 타당해 보이는 것들을 반영해 조금만 수정해 보고 싶었을 뿐인데. 그게 '조종한다'는 말까지 들을 일인가. 수정 사항이 너무 많았나? 하지만 책은 디자이너와 편집자 둘이서만 만드는 것은 아니지 않은가? 우리에게 쏟아지는 여러 의견 중에서 당장은 동의할 수 없더라도 합리적인 의견은 일단 듣고 시도해 봐야 하지 않나? 하지만 나조차 확신할 수 없는 의견을 쳐내지 못하고 디자이너에게 '나도 아닌 건 안다, 그치만 일단 그냥 해 봐 달라' 말한 것이 잘못이었을까? 가뜩이나 버거운 일정으로 휘청대던 내게 디자이너가 던진 말은 비수처럼 박혀서 나는 그대로 주저앉고 싶었다.

내 자리로 돌아와서도 한동안 진정하기 힘들었다. 다시 돌아가 디자이너에게 그 말을 들었을 때의 내 감정과 마음에 대해 털어놓고 대화해야 하는 걸까. 무언가 억울하고 사과받고 싶은 지금의 내 기분은 옳은 것일까.

〔5〕 사람들의 오만가지 디자인 수정 요청 앞에서
주저앉고 싶을 때 우리의 자세

그러다 문득 일하면서 동료들과 갈등이 빚어질 때마다 내가 항상 새기는 말이 떠올랐다.

오직 일에 자존심을 건 사람만이 화를 낸다.
일에 자존심이 없는 사람은 뒤에서 짜증내고 투덜거리고 빈정거릴지언정 화내지 않는다.

이러나저러나 어차피 내가 최종 결정권자가 아니라 생각하며, 일에 자기 자신을 걸지 않는 사람은 일할 때 감정 소모도 하지 않는다. 그래서 나는 화내는 디자이너, 화내는 마케터, 화내는 작가, 당장은 까다롭고 불편한 이야기일지라도 길게 보면 서로의 작업을 위해 확실한 도움이 되는 이야기를 까놓고 말해 주는 사람들을 줄곧 좋아했다.

내게 '조종하지 말라' 화냈던 디자이너는 일에 자존심이 있는 디자이너였다. 표지 시안을 줄 때도 적당히 끼워 넣는 '컨펌용 스페어 시안'을 멋쩍게 같이 올리는 법이 없었고, 언제나 끝까지 매달려 작업한 게 분명한 완성도 높은 시안만 보여 주었다. 스스로 작업한 결과물에 마음을 준 사람, 그 작업에서 지켜 내고 싶은 것이 있는 사람만이 일에서 스트레스도 받고 화도 내는 법이다.

그토록 열심히 작업한 디자이너에게 한 번 더, 다시 한 번 더, 마지막으로 한 번 더를 거듭 요청해야 하는 일은 언제나 난감하고 버겁다. 그럼에도 편집자인 나는 설득해야만 한다. 우리가 추가 수정을 통해 만들 무수한 시안들이 그저 삽질만은 아니라는 것을. 우리가 그저 쥐뿔도 모르는 제3자들의 말에 휘둘려 헛짓거리를 하고 있는 것이 아니라, 혹시라도 독자에게 더 많이 선택받을지 모를 '한 번의 가능성'을 더 만들고 있다는 것을. 물론 이 일에서 나는 여전히 자주 실패한다.

우리 회사에는 미술부와 대표실을 연결하는 중간 계단이 있다. 나는 이곳을 내 멋대로 '눈물의 계단'이라 부른다. 이 계단을 왔다 갔다 하며 '한 번 더' '한 번만 더'를 호소하느라 다리가 푹푹 꺾인 순간이 얼마나 많던가. 하지만 이 '눈물의 계단'을 막막한 마음으로 오간 횟수만큼, 독자들이 내가 편집한 책을 선택할 가능성도 조금씩 올린 것이라고, 나는 믿고 싶다.

『김용택의 어머니』라는 에세이를 송윤형 디자이너와 함께 작업할 때였다. 그때도 좀처럼 표지 컨펌이 나질 않아 애를 먹고 있었다. 누군가는 노인의 얼굴이 전면에 나와 젊은 독자층의 취향에서 멀어질까 두려워했고, 또 누구는 꽃이 싫다고 했으며, 마케터들은 독자에게 친숙한 김용택 선생님의 얼굴과 이름이 잘 보여야 유리하다는 입장이어서, 표지는 계속 표류하고 있었다. 디자이너와 나는 거의 진이 빠져서 나가떨어질 지경이었다. 내 머릿속도 텅 비어 갔다. '어떡하지?'

어쨌든 이 문제를 해결해야 할 사람은 나와 디자이너뿐인데, 표지가 또 좌초했다는 소식에 실망했는지, 설상가상 디자이너가 전화를 받지 않았다. 아주 잠깐이었지만, 디자이너마저 잠수를 탄 건 아닌가, 불안하고 아득했다.

그때 송윤형 디자이너에게 다시 전화가 걸려 왔다. 잠시 시장에 다녀왔다며 전화를 놓쳐서 미안하다고 말했다. 아, 디자이너도 나만큼 너무 힘든 건가. 시장에 가서 열심히 장사하는 상인들을 보면서 없는 기운을 내 보려 한 건가 싶었는데, 그가 밝은 목소리로 자신이 '세상에 단 하나뿐인 표지'를 만들어 주겠노라 장담했다.

그날 송윤형 디자이너는 표지 시안이 또 엎어졌다는 비보를 듣고 곰곰 궁리하다 시장으로 달려 나갔다. 그리고 다양한 꽃무늬와 알록달록한 색감의 '몸뻬 바지'를 시장에서 싹쓸이해 왔다. 그는 자신이 사온 갖가지 색깔의 몸뻬 바지를 바닥에 무지개처럼 늘어놓고 찍은 사진을 편집자인 내게 보내 주었다. 시골 촌부들이나 외

모를 꾸미는 데 관심을 잃어버린 노인들이 입는 거라고 생각했던 그 펑퍼짐한 몸뻬 바지가 그토록 아름답다는 것을 나는 디자이너의 눈을 통해 처음 깨달았다. 그는 몸뻬 바지를 오려 제목 자를 만들기 시작했다. '김용택의 어머니'. 세계 최초 유일무이의 '몸뻬 바지체'로 제목을 수놓았던 그 아름다운 표지 시안을 나는 지금도 잊지 못한다.

하지만 나와 디자이너가 그렇게 열광했음에도, '몸뻬 바지' 타이포 시안은 결국 낙점되지 못했다. 그럼에도 나는 송윤형 디자이너가 시장을 배회하고 몸뻬 바지를 일일이 오려 만든 그 시안이 그저 수포로 돌아갔다고 생각하지 않는다. 편집자와 디자이너는 함께 작업하면서 많은 가능성과 선택지를 만들고, 그중 가장 대중적이고 책에 적합한 단 하나의 시안만이 최종 선택되어 서점으로 나간다. 그리고 생각보다 꽤 자주, 우리의 최종 표지는 디자이너가 미적으로 가장 완성도가 높다고 여기는 시안으로도, 편집자가 가장 선호하는 시안으로도 낙점되지 않는다.

그러나 그 마지막 결정을 내리기까지 디자이너와 편집자가 원 없이, 여한 없이 이 책을 위해 할 수 있는 모든 일을 다 해 보았을 때와, 시간에 쫓기거나 타인들의 결정에 휩쓸려 하는 수 없이 마감할 때의 기분은 확실히 다르다. 나는 디자이너에게 그 누구를 위해서도 아닌, 일에 마음을 주고 자존심을 건 우리 스스로를 위해, 끝까지 한 번만 더 해 보자고 설득하는 편집자가 되고 싶다.

가끔 회사에서 주저앉아 울고 싶을 때, 내가 아무리 용써 봐야 편집자는 이리저리 치이고 끼인 '을'일 뿐이라는 생각이 들 때마다 떠올리는 장면이 있다. 노희경 작가의 드라마 「그들이 사는 세상」에 이런 대사가 나온다.

일이 주는 설렘이 한순간에 무너질 때가 있다. 바로 권력을 만났을 때다. (……) 이 세상에 권력의 구조가 끼어들지 않는 순수한 관계가 과연 존재할 수 있을까? (……) 일을 하는 관계에서 설렘을 오래 유지시키려면 권력의 관계가 없다는 것을 깨달아야 한다. 서로가 서로에게 강자이거나 약자가 아닌 오직 함께 일을 해 나가는 동료임을 알 때 설렘은 지속될 수 있다. 그리고 때론 설렘이 무너지고 두려움으로 변질되는 것조차 과정임을 아는 것도 중요한 일이다.

책을 만드는 과정에서 편집자와 디자이너만 한 동

지가 또 있을까.

　주변 사람들이 한결같이 별로 안 팔릴 것 같다고들 하지만, 나는 세상에 꼭 있어야 한다고 믿는 책을 작업하던 어느 날이었다. 오직 이 회사에서 나만 이 책을 바라보고 있는 것 같은 쓸쓸함과 씁쓸함이 가슴을 찌르던 날, 나는 디자이너에게 넋두리처럼 말했다.

　"사람들이 이 책 잘 안 될 것 같대요. 너무 힘 빼지 말래요. 아무도 기대하지 않는 것 같아서 너무 슬퍼요……."

　디자이너의 눈이 커졌다.

　"사람들 정말 무례하네요! 어떻게 이 책을 두고 그리 말하죠? 나는요, 이 책 울면서 디자인했어요. 문장 하나 수정하고 울고, 본문 디자인에 그림 얹다가 창밖 내다보고 또 울고……."

　'나를 조종하지 말라'고 화냈던 그 디자이너의 말이었다. 내게 화를 냈던 그가 나를 지치게 하는 것들을 향해 나보다 더 크게 화를 내 주고 있었다.

　편집자와 디자이너는 갑을 관계도, 하청 관계도, 권력 관계도, 줄다리기해야 하는 관계도 아니다. 우리는 책이 나올 때까지 함께 피 흘리며 어깨 걸고 동행하는 '전우'다. 편집자인 나는 전투 과정에서 이 책과 관계된 여러 사람을 직접 상대하며 합의점을 찾고, 원조 요청을 하고, SOS 신호를 보내기도 하지만, 디자이너는 이 책을 둘러싼 그 누구에게도 직접 호소하지 못한다. 저자에게도, 마케터에게도, 회사에도, 디자이너가 직접 이의를 제기하고 말하긴 어렵다. 부당하고 힘들다고 느껴질 때 디자이너가 속내를 말할 수 있는 유일한 사람은 담당 편집자인 나밖에 없는 것이다.

그런데도 나는 종종 이 사실을 편집 과정에서 까맣게 잊는다. 이 북디자인의 책임자이자 창작자는 분명히 디자이너인데, 정신없이 수정 사항이 밀려들 때 나는 바주카포처럼 그것을 쏟아 낼 뿐, 디자이너에게 '이 수정에 대해 어떻게 생각하느냐' '디자이너로서는 무엇이 가장 좋은 선택이라고 생각하느냐'고 묻는 것을 잊어버린다. 나에게 화냈고, 또 나를 대신해서 더 크게 화냈던 디자이너, 내가 그의 등 뒤에 딱 붙어 앉아 온갖 수정 사항들을 다다다다 쏘아 대면서 '이거저거 요거그거' 움직여 달라 말할 때도, 나는 잊고 있었다. 디자이너의 마음이 어떤지, 이 수정 사항이 적절하고 합당하게 구현 가능한지, 디자이너의 생각을 묻고 확인하는 일 말이다. 다른 모든 이가 북디자이너가 이 디자인의 창작자임을 잊고 온갖 수정 사항을 마구 쏟아 낼지라도, 편집자만은 기억해야 한다. 이 책의 몸과 옷을 가장 아름답고 완성도 있게 세상에 선보이고 싶은 사람은 결국 디자이너라는 것을.

이제 나는 디자이너가 이번 작업은 유난히 힘들다고 말할 때, 진짜 이런 상황에서 또 수정하는 건 너무한 거 아니냐고 화낼 때, 그래도 '한 번 더' 한 걸음만 더 가보자고 정성껏 설득하고 그의 생각을 묻는 것까지가 내 일임을 안다. '눈물의 계단'을 몇 번이고 오르내리며 고민하고 조율하는 것 모두 온전히 나의 일임을 안다. 디자이너가 명령받고 조종당한다는 생각이 들지 않게끔 이 디자인의 창작자인 그들의 의사를 존중하면서도, 그 디자인을 공유할 수많은 이들의 수정 요청을 신중하게 헤아리며, 최선의 안을 만들어 가는 것 또한 나의 일임을 안다.

나는 그저 입으로 '한 번 더'라 청할 뿐이지만, 오늘도 화면 앞에 앉아 한 차례의 전투를 더 치러야 할 디자이너들에게 용기와 믿음을 주는 거기까지가 바로 나의 일, 편집자의 일이다.

작가의 상처와 기억을 '뜯어고치지' 않습니다

원고, 어떻게, 어디까지 고칠까?

책을 만들고 나서 아주 가끔 이런 질문을 듣는다.

"그 원고 얼마나 뜯어고쳤어요?"

별로 상대하고 싶지 않은 질문이다. 인기 있는 에세이 작가의 성공을 '필력'보다는 '운'과 '콘셉트'에서 찾는 편견에서 비롯된 폭력적인 질문이라고 생각하기 때문이다. 물론 책마다 교정지가 더 빽빽해지는 경우가 있고, 교정 횟수가 많거나 저자 교정이 더 여러 번 오가는 책이 있다. 하지만 편집부에서 죄다 '뜯어고치는' 경우는 드물다. 나는 엄밀하게 말하면 편집부의 교정교열 사항을 작가가 확인하고 그것을 받아들이느냐, 아니면 그러지 않고 아예 다른 표현을 쓰느냐도 결국 작가의 창작과 퇴고 과정의 일부라고 생각하는 쪽이다. 작가에게도 편집자에게도 또 그 책을 읽는 독자에게도 일방적으로 뜯어고침을 당했다는 느낌을 준다면, 그렇게 '기운' 흔적이 보인다면 그 책은 실패한 것이다.

나는 편집자가 에세이 원고를 고치는 데는 세 가지 과정이 있다고 생각한다. 교정과 교열과 윤문이다. 이 차이는 명확하다. 우선 교정에는 정답이 있다. 출판사마다 띄어쓰기나 표기 규칙이 따로 있어서 원칙은 약간씩 다르지만, 한 출판사 내에서 합의된 표기 원칙에 따라 편집자가 대체로 정확히 맞춰야 하는 정답이 있고, 그 교정의 결과 값은 거의 동일해야 한다. 교열은 비문과 가독성이 떨어지는 문장을 가다듬는 작업이다. 이것은 편집자마다 다른 문장이 나올 수 있다. 하지만 이때 내가 갖는 원칙은 '정답'은 없되 '근거'는 명확해야 한다는 것이다. 즉 누가 잠자던 편집자를 두드려 깨워서 '이 문장은 왜 이렇게 고쳤어요?' '왜 고쳐야만 했어요?'라고 묻는다 해도, 즉각 분명히 이유를 말할 수 있어야 한다. '이게 그냥 느낌상 더 잘 읽히지 않나요?'라고 대답할 수밖에 없다면 그것은 잘못된 교열이다.

마지막으로 윤문은 글에 '윤기'를 더해 주는 작업이다. 심심한 표현에 세부적인 묘사와 상황을 더해 주고,

글이 매끄럽고 재미있게 읽히도록 표현을 보탠다. 이렇게 윤문 작업이 필요한 원고를 마주하면 나는 긴장한다. 사실 윤문은 어느 정도 편집자의 주관에 기댈 수밖에 없고, 나의 윤문이 적절한지 과도한지도 명확히 판단할 근거가 없기 때문이다. 따라서 윤문은 저자와 사전에 대략의 수위와 분위기를 상의하고, 전체 원고 윤문을 하기 전에 샘플을 보여 주기도 한다. 그러고도 덧붙인다. 아무래도 작가가 처음에 의도한 것과 달라지는 묘사나 윤문이 있다면 편하게 지워 달라고. 윤문이 필요한 대목에서는 뜬금없이 수사적이거나 만연체에 가까운 표현을 쓰지 않으려고 노력한다.

내가 윤문할 때 자주 떠올리는 것은 저자가 원고에 대해서 했던 '말'이다. 원고에 대해서 우리가 대화할 때 무척 재미있고 잊을 수 없는 표현이 있었는데 원고에서는 빠진 경우, 그때 이 얘기 무척 인상적이었는데 이런 방식으로 들어가면 좋겠다고 제안한다. 또한 가급적 저자의 말투에 가까운 단어를 고르려 노력한다. 아무리 멋진 비유와 수사라도 이 저자가 쓸 것 같지 않은 단어, 어디서 빌려 온 듯한 너무 도드라지는 윤문은 에러다. 원고에 자연스럽게 녹아들 수 있는 문장은 '저자의 말' 속에 있는 경우가 많다.

나는 좋은 편집자는 교정지 여백을 잘 쓰는 사람이라고 생각한다. 그래서 문장과 내용이 거의 완벽해서 교정 사항이 많지 않은 경우라도, 초교지는 최대한 여백이 많은 A3지에 출력해서, 내가 저자에게 편지를 쓸 공간을 넉넉히 확보한다. 나의 교정지 여백엔 물음표가 많다. 일단 물음표에 동그라미를 치고, 여백에 나의 질문과 수정 사유를 소상히 밝힌다. 나는 이런 의문이 들고 이렇게 고쳐 보면 어떨까 생각하는데, 내 생각이 맞을지 저자에게 묻는 것이다. 이 '교정지 여백에 쓰는 편지'에서는 가급적이면 어미까지 정확하게 쓰려고 한다. 그냥 본문에서 화살표를 쭉 빼서 '수정안'만 제시하는 것은 무성의해 보인다. 결국 같은 제안이라 할지라도 저자에게 '이렇게 고치겠습니다' 통보하듯 남기는 것과 '이렇게 고쳐 보는 건 어떨까요? 더 좋은 표현은 없을까요?'라고 묻는 것은 매우 다르다. 저자에게 강요하거나 편집자가 함부로 확신하지 않고, 묻고 제안하고 선택지를 제시하고 더 나은 표현을 끌어내는 교정지가 결국 더 좋은 책을 만든다.

에세이 편집자가 교정 중에 또 자주 하게 되는 고민은 '사전적으로는 틀린 말'을 문학적 허용으로 보고 그냥 넘어갈 것이냐, 아니면 교정할 것이냐의 문제일 것이다. 에세이도 엄연히 '문학'이니 반드시 빡빡한 문어체로 쓸 필요도 없고, 특히 장르나 주제에 따라서 입말이나 규범 표기가 아닌 단어를 선택해 쓸 수 있다.

하지만 내가 굳이 여백에 규범 표기의 일례를 적어 두는 경우가 있다. 첫째는 저자가 이 말이 문법상 틀린 표현이라는 것을 인지하고 있는지 확인이 필요한 경우다. 둘째는 규범 표기가 아닌 단어를 의도적으로 썼지만 그다지 효과적이지 않을 때다. 법칙을 어기려면 확고한 개성이 있어야 한다. 원고에서 특별히 제 기능을 하지 못하는데 애매한 비표준어를 선택하기보다는 정확한 단어를 골라 쓰는 것이 나은 순간도 있는 것이다. 이럴 때 나는 다시 물음표를 치고 여백에 편지를 쓴다. 사전적으로 바른 말로는 이러이러한 단어가 있고, 이런 표현도 나쁘지 않은 것 같은데, 그럼에도 규범 표기가 낯설고 어울리지 않는다면 원문의 표기대로 가겠다고 메모하는 것이다.

이때도 '이건 틀린 말인데, 선생님 알고 쓰신 건가요?'라고 묻지 않는다. 언젠가 「백종원의 골목식당」에서 백종원 대표가 손님에게 자신의 식당 메뉴와 음식 먹는 법에 대해 설명할 때 쓴다는 화법을 듣고 무릎을 쳤다. 그는 언제나 이렇게 말문을 연다고 했다. "물론 손님께서도 잘 알고 계시겠지만……." 가르치거나 과시하거나 강요하는 것처럼 보이지 않으면서, 또 손님을 충분히 존중하면서 유용한 정보를 건네는 화법이다. 나는 규범 표기와 표준어 교정을 제안할 때 백종원 대표의 화법을 빌린다. '선생님께서도 이미 이것이 규범 표기가 아니라는 사실을 알고 쓰신 것일 수도 있지만, 정석으로는 이러이러한 단어도 있더라'고, 그럼에도 더욱 맛있게 표현하는 선생님만의 방식과 단어가 있다면 그것을 따르겠노라고 말이다. 어쨌거나 맛있는 음식도 알고 먹는 것과 모르고 먹는 것에는 차이가 있는 것처럼, 우리가 쓰는 단어도 정확히 알고 쓰는 것과 모르고 쓰는 것에는 분명한 차이가 있다고 믿기 때문이다.

편집자마다 교정할 때 쓰는 필기구도 다를 텐데, 나는 수년 전부터 오직 '지워지는 볼펜'만을 고집한다. 이것은 회사에서 구비해 두는 플러스펜이나 일반 펜보다 비싸기 때문에 내가 따로 장만해야 하지만, 나는 '지워지는 볼펜' 없이는 교정지를 잡지 못한다. 샤프나 연필을 써도 지울 수는 있지만, 나는 교정 사항도, 여백에 쓰는 편지도 여러 번 지우고 다시 쓰는 경우가 많다. 그러느라 지우개로 대차게 문질러 대면 거뭇거뭇한 연필심 흔적 때문에 교정지가 구겨지고 누더기가 되기 일쑤다.

'지워지는 볼펜'은 끄트머리에 달린 전용 지우개를 이용하면 열로 인해 말끔하게 지워진다. 교정지 여백에 쓰는 편지에서 어미와 말투까지 고민하고 덧붙이고 다시 쓰는 나에게 '지워지는 볼펜'은 최적의 교정 장비다.

문학동네에 신입 사원으로 입사해서 교정교열에 대해 배울 때 가장 놀랐던 것은, 교정지(특히 저자가 보는 교정지)에서 가급적 빨간색 펜은 쓰지 않는다는 것이었다. 우리 편집자들은 저자의 원고에서 정·오답을 체크하는 빨간펜 선생님이 아니니까. 또한 빨간펜은 시각적으로도 자극적이어서 수백 페이지의 원고에서 오탈자와 오류를 찾아내야 하는 저자와 편집자의 안구 건강에도 별로 좋은 선택이 아닌 것 같다. 나는 빨간색 펜은 교정지에서 오직 대조 사항을 체크할 때만 쓴다. 교정을 볼 때 내가 가장 선호하는 필기구는 '블루블랙' 색깔의 지워지는 볼펜이다. 인쇄된 검정 폰트의 본문과 분명히 구분되면서도 빨강·파랑·초록·보라 화려한 색으로 눈과 마음을 콕콕 찌르지 않는, 검정색과 남색 사이의 블루블랙 펜으로 차분하고 정중하게 적힌 교정지가 나는 마음에 든다.

레이저 프린터에서 갓 나와 아직 따끈한 온기가 남아 있는 교정지 첫 페이지를 넘길 때마다 나는 항상 다

짐하듯 떠올린다. 지금 내가 만지는 것은 한 사람이 살아 낸 삶이고, 소중히 붙들어 온 기억이고, 때론 용기 내어 꺼낸 상처이기도 하다고. 그 상처가 함부로 다뤄졌다고 느끼지 않도록, 서툰 돌팔이 의사의 수술대에 올라피 흘리지 않도록 최대한의 성의와 예의와 정중함으로 나는 교정지를 대한다.

마케터를 내 책의 팬으로 만드는 법

북극 바닷물을 퍼서라도 책에 도움이 된다면

나는 드라마 「중쇄를 찍자!」를 각 회차마다 10번 이상씩은 족히 보았다. 이 드라마와 원작 만화의 유일한 단점은 편집자라는 일의 기쁨과 슬픔을 너무나 소상히 그려 놓아서 보고 있으면 가끔 내가 실시간으로 일하는 중인 것처럼 느껴질 때가 있다는 것뿐이다.

「중쇄를 찍자!」 드라마 속에서도 편집자와 마케터는 전쟁을 벌인다. 패기 넘치는 편집자는 초판을 깜짝 놀랄 만큼 많이 찍어서 전국에 보란 듯이 깔아 버리고 싶다. 관록의 마케터는 노련하게 '세상 물정 모르는 너이 새끼, 정신 좀 차리라'고 초판 부수를 파격적으로 깎는다. 드라마 속에서도 편집자와 마케터는 싸우고 있다. 원수는 외나무다리가 아니라 출판사에서 편집자와 마케터로 만나는 걸까? 세상 물정 모르는 사람이 된 편집자는 그만 목이 메어 마케터에게 마지막으로 이렇게 외친다. "책 읽었어? 읽어 봐! 진짜 좋으니까 꼭 읽어 보라구!"

잠시 후 회사 한구석에서 마케터가 안경을 벗고 오열하고 있다. 그의 손엔 책이 들려 있다. 편집자가 다가가 눈을 크게 뜨며 속삭인다. "울었어……? 운 거야? 좋은 작품이지?"

나는 「중쇄를 찍자!」의 이 에피소드를 무척 좋아한다. 수개월간 애지중지 만져 온 원고를 마케팅팀에 넘긴 후의 회의에서 극찬이 쏟아지고 파워풀한 마케팅 기획안이 펼쳐지길 기다렸건만, 그들의 눈에서 곤란함과 망설임을 발견했을 때의 심정이란. 애써 웃으며 내 입으로 이 책의 힘과 가능성을 어필해 보려 더듬거리지만, 이미 속으로는 '왜 이 책을 몰라주니!' 사자후를 토하고 있다. 「중쇄를 찍자!」의 에피소드처럼 마케터가 원고를 미처 다 읽지 못한 상태라면, 희망은 있다. 그러나 원고를 다 읽었는데도 저리 아리송한 반응이라면 설레는 마음에 비수가 꽂히는 것처럼 뼈아프다.

편집 일을 하다 보면 누구나 우울의 늪에 잠기는 때

가 온다. 내게도 이런 일이 몇 번 있었지만, 특히 서명숙 선생님의 『영초언니』를 만들고 나서 눈앞이 캄캄해지는 것 같았던 기분을 잊지 못한다. 이 책의 내 마음속 '최소' 목표 부수는 10만 부였다. 역사 속에 묻혀 버린 70년대 여자 대학생들의 민주화 투쟁이 생생하게 살아 있어 의미도 특별한 책인 데다, 끝내주게 재미있는 이야기가 그득했다. 이 책이 세상에 나가면 '빵!' 터지리라 생각했다. 정의로운 사람들이 고되게 살아가는 이 세상을, 너무 많은 것을 잊어버리고도 멀쩡한 척 굴러가는 이 세상을 완전히 뒤엎지는 못할지언정, 약간은 움직여 볼 수 있으리라 생각했다. 하지만 책의 반응은 내가 기대한 만큼 올라와 주질 않았고, 나는 초조해졌다.

이런 이야기가 읽히지 않는다면, 사람들은 대체 뭘 보고 있는 건가.

왜 마케터는 나만큼 간절하지 않을까.

왜 회사는 이 책을 더 밀지 않는가.

왜 내가 가는 서점에는 『영초언니』 광고가 없는가.

대한민국은 영초언니의 삶과 몸을 그렇게 부숴 놓고도, 왜 언니의 이야기를 담은 책에조차 관심이 없는가.

왜, 왜, 왜!

하루 종일 이런 생각을 하고 있다 보니 나는 점점 '흑화'되어 갔다. 마케터들이 다른 책을 홍보하고 있는 걸 보면 미웠다. 회사 SNS에 『영초언니』 외의 다른 책이 센스 있게 소개된 걸 보면 심통이 나서 씩씩거렸다. 서명숙 선생님과 통화할 때면 자꾸 울음이 복받쳤다. 그토록 열렬히 책을 쓰셨던 서명숙 선생님은 오히려 막상 책이 나오니 판매에 관련된 숫자보다는, 여러 경로로 전해오는 사람들의 다채로운 독후감에 가슴 벅차하셨다. 많이많이 팔렸으면 좋겠지만, 우리가 원하는 정도까지 못 팔아도 그건 이 책의 운명이라고. 그러니 고요히 받아들이자고.

반면 내 안의 미움과 원망은 얼굴과 몸에 그대로 올라붙었다. 출퇴근길 운전대를 잡고 통곡하듯이 울었다. 밤이면 눈감은 채 손으로 내 얼굴을 더듬어 보던 천영초 선생님의 두껍고 따뜻한 손의 촉감이 생각나 뒤척거렸다. 밤새 세상을 원망하고 자책하다가 출근 시간이 되면 간신히 씻고 물이 뚝뚝 떨어지는 머리를 대충 건져서 회사로 나갔다. 그러던 어느 날 회사 화장실에서 거울을 보았다. 거기, 아주 꼴 보기 싫은 면상이 있었다. 얼굴은 취한 사람처럼 붉었고, 입술은 허옇게 텄으며, 눈은 흐리멍덩했고, 표정은 사나웠다.

아, 지금 내 모습이 이렇구나. 내가 책을 사랑한다는 핑계로 아집을 부리고 있었구나. 이런 사람과 누가 일하고 싶을까. 누가 뭐라도 하나 더 물어 보고 챙겨 주고 싶을까.

정신이 번쩍 들었다.

『영초언니』는 10만 부는 아니지만, 내가 이렇게 우울의 늪에서 허우적거리는 동안에도 마케터들과 회사의 끈질긴 노력과 책의 힘으로 결국 수만 부가 나갔으니 제법 잘된 책인 셈이다. 내가 '왜 아무도, 아무것도 안 해 줘' 하고 징징거리는 동안에도, 내 주변의 사람들은 이 책을 굴려 가고 있었던 것이다. 이제 와 생각하면 내가 왜 그렇게까지 '흑화'되었는지 모르겠다. 무언가를 너무 사랑하다 보면 그 외의 다른 것을 너무 쉽게 미워하게 되는데, 그때 내가 잠시 그 덫에 걸렸던 것 같다.

이런 경우도 있었다. 『아, 보람 따위 됐으니 야근수당이나 주세요』와 『실어증입니다, 일하기싫어증』의 마케팅을 준비할 때를 생각하면 지금도 절로 미소를 짓게 된다. 내가 '이 책 진짜 재밌으니 읽어 주세요, 밀어 주세요!' 설명할 겨를도 없었다.

그렇다. 책을 만들고 파는 우리도 모두 직장인이었던 것이다! 그리고 이 책은 제목과 표지와 일러스트로 직장인의 가슴에 공감을 '때려 박는' 책이었다. 마케팅이 저절로 굴러갔다. 마케터들은 우리에겐 초상권 따위 없다는 듯이 알아서 웃기는 '추리닝'을 입고 이벤트 페이지에 쓸 사진을 찍고, 자체적으로 광고 카피를 만들었다. 우리 세대와 주변 직장인 동료들의 애환까지 한데 끌어 모아 '퇴사하면 나도 고객, 두고 보자 회사 새끼' '내가 열심히 하면 사장이 차 바꾸겠지' 등의 표어를 쓴 포스터를 만들었다. 홍보용 책을 보낼 때도 덜렁 책과 보도자료만 보내지 않았다. 이 책을 받아 볼 사람들도 우리 같은 직장인이 아닐까? 그들도 힘들고 지치고 칭찬받고 싶지 않을까? 마케터들은 책을 받아 볼 매체와 관계자들의 특성에 맞게 각각 일대일 상장 문구를 써서 보냈다. 결국 이 책은 『디스패치』에까지 서평이 실리는 쾌거를 올렸다. 마케팅이 한창 진행 중일 때, 알라딘 MD 박태근 님은 SNS에 자신이 받은 상장을 올리며 이렇게 썼다. "그들은 이 책에 영혼을 걸었다."

마케터가 내가 편집한 책에 영혼을 걸게 하는 가장 좋은 길은, 일단 책을 잘 만드는 것이다! 선비처럼 마음속으로 양반다리 하고 앉아서, 저 사람들은 좋은 책도 당최 못 알아본다는 생각이 든다면 명심해라. 당신이 하는 그 생각은 마케터들을 향한 것이 아니다. 편집자가 저자가 쓴 원고의 첫 번째 독자이듯이, 마케터는 완성된 책의 첫 번째 독자이고 시험대이다. 마케터는 뭘 몰라, 라는 말은 곧 일반 독자를 향한 오만과도 같다고 나는 생각한다.

물론 마케터가 실제로 몰라주는 부분이 있을지도 모른다. 하지만 마케터에겐 팔아야 할 책, 혹은 이미 팔리고 있어서 더 물을 부어 주어야 할 책이 차고 넘친다. 편집자는 최근에 만든 이 신간 생각뿐이지만 마케터는 아니다. 너무나 바쁜 가운데, 너무나 많은 책 사이에서 최선의 선택과 집중을 함으로써 최상의 효율과 성과를 만들어 내는 것이 바로 그들의 업무이자 의무다. 그러므로 안타깝게도 회사 마케팅팀에서 내 책이 우선 순위가 되지 못했다면, 편집자라도 '퍼포먼스'를 하면서 다음 기회를 노려야 한다. 마케팅에 뭐라도 보탬이 되는 생각을 하고 제안하는 것이다. 본문에서 끝내주는 부분을 찾아서 카드 뉴스 문안이라도 짜 보고, 재미난 굿즈와 이벤트도 제안해 보고, 저자와 같이 일으킬 수 있는 조그만 사건을 궁리해 본다.

앞서 내가 편집자에겐 '자기만의 갤러리'가 있어야 한다고 말했는데, 내 마음속 갤러리 옆에 조그만 가게를 하나 더 차린다면 그건 '다이소'일 것이다. 나는 마케터에게 굿즈 제안을 많이 하는 편이다. 책의 개성이 다른 것처럼 이벤트와 굿즈도 달라야 하고 가급적이면 독자가 미루지 않고 지갑을 열 수 있도록 재미있고 독특한 것이면 좋겠다고 생각한다. 나는 이따금 심심할 때면 판촉물·사은품 도매 사이트에 들어가서 신기한 것을 저장해 두곤 한다. 유튜브 알고리즘보다 끊을 수 없는 판촉물 도매의 오묘한 세계를 혹시 아시는지. 내 휴대전화 속 메모에는 공처럼 접히는 장바구니와 반영구로 쓸 수 있는 스테인레스 만년 비누, 원터치 부채와 휴대용 먼지 제거기, 미니 리코더 겸용 볼펜, 투명 보안경의 최저가 판매처가 정렬되어 있다. 세상엔 싸고 신기한 물건이 많다. 언제 이걸 다 써먹을지도 알 수 없고, 대부분 내가 이런 물품 리스트를 툭 던지면 마케터가 이를 받아서 훨씬 더 나은 품질의 재미있는 아이템을 찾아내 굿즈로 완성하지만, 어쨌든 마케터 앞에서 '요렇게 재밌는 거 하고 싶어요!' 하고 내 보따리를 주섬주섬 열어 보이는 건 도움이 된다고 생각한다.

코로나19 시대 이전에 내가 업무 스트레스를 푸는 수단은 해외 서점 기행을 다니는 것이었다. 각 나라 서점에서 책도 보았지만, 동행한 이들이 '과하다' 여길 정도로 각 국가와 서점의 굿즈들을 대거 사들였다. 나는 이 '과도한 지름'조차 공부이자 연구라고 항변했다! 실제로 이름난 서점과 도서관에서 만드는 각종 디자인과 아이디어의 굿즈는 나를 열광하게 했다. 기왕 책을 팔려고 책과 닮은 파생 상품을 만든다면, 좀더 예쁘게 재미있게 갖고 싶게 만들 수 있지 않을까? 우리는 책이라는 제품을 만드는 사람이기도 하지만, 책으로 재미있는 판을 벌이는 사람이기도 하니까.

마케팅에 대한 힌트를 얻고 싶을 때면, 저자도 쿡쿡 찔러본다. 의외로 저자에게서 우리 '업자'들은 생각도 못한 파격적인 굿즈와 이벤트 아이디어가 나오는 경우가 있다. 내가 봉이 김선달은 아니지만 '북극 바닷물'을 퍼다가 사은품으로 만든 적이 있다. 한창훈 선생님의 『내 술상 위의 자산어보』를 만들 때의 일이다. 선생님께 '바다'와 연관된 재밌고 단 하나뿐인 굿즈를 만들고 싶은데 뻔한 것밖에 안 떠오른다고 슬쩍 고민을 말씀드렸더니, 선생님께서 재밌는 얘기를 들려주셨다. 한국에 '북극 바닷물이 있다'는 것이다. 이 책에는 한창훈 선생님이 북극 탐사 임무를 맡은 쇄빙선 '아라온호'를 타고, 북극에 간 이야기가 나온다. 선생님은 아라온호가 연구

목적으로 북극 바닷물을 소량 떠와서 한국에서 연구를 하는데, 연구용으로 다 쓰고 남은 바닷물을 얻어 볼 수 있지 않겠느냐고 귀띔해 주셨다. 극지연구소에 냉큼 연락했더니, 한국으로 온 북극 바닷물이 과연 그곳에 있었다. 이미 분석과 연구를 다 끝마친 바닷물을 아라온호에 탑승해 북극을 탐사한 이야기가 담긴 이 책에 일부 나누어 줄 수 있겠냐고 물었다.

이때 나는 결정적 실수를 하고 만다. 책 출간이 임박하여 마음이 급했던 나머지, 그 물을 가지러 갈 퀵서비스 기사님을 연구소로 보내겠다고 한 것이다. 전화 너머로 연구원님의 긴 침묵이 이어졌다. 그리고 그렇게는 안 되겠다는 답이 돌아왔다. 누군가에게는 별거 아닌 폐수처럼 보일지 모르나, 이 바닷물은 북극까지 간 탐사대원들이 땀 흘려 길어 올린 것이고, 아무리 당초의 사용과 연구 목적이 다 끝났다 할지라도 퀵서비스 오토바이에 실려서 덜렁덜렁 실려 갈 물건은 아니라고. 아차, 싶었던 나는 백배사죄하고 전화를 끊자마자 곧장 극지연구소로 달려갔다.

도착하니 통화할 때는 엄하게 느껴졌던 극지연구소 담당자님이 미소로 환대해 주시면서 이 물이 북극 어디쯤에서 길어 올린 것인지 위도와 경도를 알려 주시고,

북극 심해 826미터에서 퍼 올린 심층수라는 것을 알려 주셨다. 책의 독자들을 위해 쓰더라도 이 북극 바닷물 한 통의 역사와 이것을 퍼 올린 사람들의 땀과 시간에 대해 들려주고 싶으셨다는 말씀과 함께. 고속 주행으로 극지연구소로 달려갔던 나는 돌아오는 길에는 극지연구소에서 제공해 주신 귀한 북극 바닷물을 단 한 방울이라도 흘릴세라 저속 주행했다. 그리고 그 북극 바닷물은 우리 마케터들이 손수 깔때기로 작은 병에 하나하나 옮겨 담아 세상에 단 하나뿐인 굿즈로 제작되었다.

이 책을 출판하는 유유출판사의 조성웅 대표님은 '저자는 최고의 마케터다'라는 얘기를 많이 한다. 나는 이 말에 적극 동의한다. 여러모로 저자는 책의 조물주인 동시에 책의 운명을 만들어 가는 길잡이이다. 앞길이 막막할 땐 저자에게 물어보고 소통하면 많은 부분 새로운 아이디어와 용기를 얻을 수 있다.

물론 이렇게 온갖 방법을 동원해도 언제나 내가 바라는 만큼 마케팅을 원 없이 했다고 느끼는 책보다 못한 것 같은 아쉬운 책이 훨씬 많다. 하지만 마케터가 원망스럽게 느껴지고 회사가 야속할 때마다 나는 이런 생각을 한다. 내가 마케터에게 느끼는 이 서운함을 어떤 저자는 나에게 느끼고 있을 수도 있다고.

마케터는 내가 편집한 책 말고도 우리 출판사의 구간 포함 수많은 책을 끌고 가고, 시장에서 책임지는 사람이다. 방금 내 손을 막 떠난 따끈따끈한 신간에 올인하고 전념하는 나와는 분명히 다르고, 달라야만 한다. 이따금 편집자인 우리도 최선을 다해 노력하고 마음 쓰고 있는데, 저자들이 내 책에는 관심 없는 것 같다고, 왜 다른 책은 잘나가는데 내 책만 이렇게 안 팔리느냐고 호소하면 가슴 아프지 않던가. 모든 책을 똑같이 밀지 못하는 마케터의 심정 또한 마찬가지일 것이다.

그럼 정말 무슨 수를 써도 주목받을 것 같지 않을 때, 진짜 너무 좋은 책인데 소생할 길이 보이지 않을 때, 편집자는 어떻게 해야 할까. 자, 그렇다면 남은 방법은 딱 하나다. 보도자료. 그 어떤 마케팅과 지원과 비용도 녹록지 않은 상황에서 편집자는 보도자료로 세상에 증명해야만 한다. 이 책이 이렇게 가치 있는 책이라고, 이 책은 그냥 이렇게 소리 소문 없이 묻혀서는 안 될 책이라고. 내가 쓰는 보도자료의 잔기술에 대해서는 다음 장에서 풀어 보겠다.

{ 8 }

잘 팔리는 에세이일수록 서평 못 받는다?

서평 타는 에세이 보도자료의 잔기술

『아, 보람 따위 됐으니 야근수당이나 주세요』, 『나는 내가 제일 어렵다』 등의 책을 함께 작업했던 기획편집자 R 선배와 나는 한때 파주출판도시 안의 작은 원룸에서 동거했다. 사무실에서 퇴근하면 우리는 원룸에 모로 누워서 지금 만들고 있는 책에 대한 아이디어, 재미, 꿈, 포부, 천하제일 내 작가 자랑대회, 아직 풀리지 않는 카피와 제목, 기상천외한 굿즈 아이디어 등을 잠들기 직전까지 떠들어 대곤 했다.

하루는 일이 조금 고됐던 날이었던 것 같다. 누가 먼저 이 화제를 꺼냈는지는 모르겠지만 뜬금없이 로또에 당첨되면 가장 먼저 뭘 하고 싶은지 서로에게 물었다.

로또에 당첨돼도 우리는 계속 편집자일까? 이 원룸을 내놓고 멋지고 넓은 집을 구할까? 출판사 '부자동네'를 같이 차려 볼까? 이런 상상의 나래를 한껏 펴고 있는데, 선배가 진지하게 산통을 깼다.

"로또에 당첨되면……, 나는 돈 걱정 안 하고 지금까지 내가 만든 책 광고를 맘껏 해 볼래."

휴, 나는 깊은 한숨을 내쉬었다. 로또에 당첨되면 뭐하랴. 어차피 골수까지 편집자로 세팅되어 있는 몸인 것을.

그날 잠깐 로또 맞는 환상에 젖은 원룸의 두 편집자는, 지금 만들고 있는 끝내주는 책에 돈을 원 없이 쏟아붓는 상상을 했다. 9시 뉴스 직전에 TV 광고를 내보내고 63빌딩에 옥외광고를 걸며, 광화문 교보문고에는 다보탑이나 석가탑 모양으로 거대한 단독 책 탑을 쌓는 거다! 신나고 허황된 상상을 하다가 우리 둘은 거의 동시에 기절하듯 까무룩 잠들어 버렸다.

내가 쭉 대형 출판사에서만 있었다 보니 어떤 사람들은 내가 '광고'와 '홍보'에 목말라하는 것을 잘 이해하지 못한다. 하지만 당연하게도 큰 출판사에 있다고 해서 내 맘대로 홍보비를 무한정 쓸 수는 없으며, 규모가 큰 곳일수록 오히려 수많은 자사 책 가운데 더 까다롭고 신중하게 '선택과 집중'을 한다. 그래서 나는 보도자료를 작성하고 발송할 때, 사뭇 비장해진다. 언론사 서평은 편집자가 회삿돈 들이지 않고 자력으로 집행할 수 있는 거의 마지막 광고의 기회이기 때문이다.

언론사 서평은 편집자가 마지막으로 긁어 보는, 게다가 스스로의 노력으로 당첨 확률을 높일 수도 있는 로또와도 같다. 과거에 비해 아무리 신문 서평의 영향력이 줄어들었다고들 해도, 그 주에 언론에서 주목한 주요 도서와 어디에서도 관심받지 못한 책은 출발점부터가 달라진다. 그러니까 대내외 경쟁이 치열할수록, 내 책이 '천상천하 유아독존'으로 주목받기 힘든 환경일수록, 보도자료는 편집자가 두 손으로 직접 상황을 역전시킬 수 있는 마지막 기회나 다름없다.

그러나 에세이는 문학책이나 인문·예술책 등에 비해 북 섹션에서 비중 있게 다뤄지기가 쉽지 않다. 저자가 문인이거나 유명인이 아닌 한, 혹은 때론 정반대로 저자가 SNS 스타나 연예인이라는 이유로, 아직도 에세이는 신변잡기의 장르로 여겨지는 경우가 많은 듯하다. 그럼에도 '어차피 애써 봐야 안 써 준다'는 생각은 집어치우자. 권위 있고 무게감 있는 책, 기삿거리가 될 만한 책이 북 섹션의 주류라 할지라도, 다른 매체에서도 다룰

게 뻔한 작품 말고 좀더 재미있고 기발한 책을 발굴해 남다른 서평을 써 보려는 기자님은 존재한다. 여기서는 그런 기자님들의 시선을 끌기 위해 내가 구사하는 에세이 보도자료의 잔기술에 대해 말해 보겠다.

우선 에세이 보도자료는 '웅숭깊고 핍진하게', '오롯하면서도 폭넓은' 세계관을 '망라'하여, '한국 문학 장'을 뒤흔든 '기념비적'인 '대서사시'처럼 쓰면 절.대. 안. 된.다! 나는 후배들에게 에세이 보도자료에서 평론 쓰려 하지 말라고 늘 강조한다. 에세이 보도자료는 '에세이답게' 써야 한다. 대체로 다른 장르의 보도자료는 '평론'이나 '해설'조로 쓰이는 경향이 있는 것 같다. 시·소설·인문서 등에서 작품의 의의와 가치, 이 책의 중요성과 시의성을 편집자가 정확하게 짚어 주는 것은 꼭 필요한 일일 수 있다.

하지만 에세이는 다르다. 에세이 보도자료는 이 원고가 출판계를 뒤흔들 엄청난 파급력을 지녔다는 것을 주장하거나 웅변하는 것이 아니라, 이 소소한 이야기가 한 사람의 인생에서 어떤 의미였는지를, 이 작가는 왜 이 이야기를 쓸 수밖에 없었는지를 최대한 살에 와닿는 구체적인 에피소드를 곁들어 스토리텔링을 해야 한다.

편집자들이 습관적으로 쓰는, 비평이나 추천사에

나 동원될 법한 무거운 어휘는 의식적으로 다 걷어 내고서, 어깨에 힘을 빼고 마치 친한 친구에게 내가 좋아하는 사람과 그에게 일어난 놀랍고 재미있는 이야기를 전하듯이 써 본다.

보도자료 발송 후 서평이 나오긴 나왔는데, 그 기사가 보도자료의 맥락과 표현을 거의 그대로 가져왔다면 그건 실패한 보도자료라고 한다. 우리 편집자들이 보도자료를 쓸 때 목표는 언론사 기자들이 직접 책을 읽고 백인백색 자기만의 관점으로 소개해 주는 것이기 때문이다.

그래서 나는 지나치게 친절하고 의례적인 줄거리 요약형 문장은 보도자료에서 최대한 간략하게 치고 빠지는 편이다. '책 속에서'라는 항목을 따로 만들어 보도자료 뒤쪽에 주요 문장을 뭉텅이로 나열하는 방식의 보도자료도 그다지 좋아하지 않는다. 나의 목표는 바쁜 기자님들이 이 의외의 책을 한번 읽어 보고 싶게끔 호기심을 불러일으키는 것이다.

나는 보도자료를 쓰기 전에 이 에세이 전체에서 가장 끝내주는 '킬링 파트'가 어느 부분인가 고민한다. 그리고 그 에피소드를 최대한 생생하게 보도자료에서 '보여 주려고' 시도한다. 작가의 빛나는 문장은 중간 중간 직접 인용하고, 이 에세이에 '대하여' 구구절절 설명하는 것이 아니라 이 에세이 속에서 일어난 일을 최대한 매력적으로 들려준다는 기분으로 보도자료를 쓴다.

작가가 한국 독자에게는 낯선 이름이거나 책에 권위 있는 추천사나 수상 이력 등이 전혀 없을 때, 그러나 책 내용에는 자신이 있을 때, 내가 잘 쓰는 방법은 그 에세이에서 눈이 번쩍 뜨일 정도로 재밌는 에피소드를 과감하게 보도자료 '맨 앞'에 배치하는 것이다. 기대했던 것보다 서평이 많이 실렸던 『미친 사랑의 서』가 그랬다. 이 책에 등장하는 세계문학 작가들의 사랑 이야기 중에서 가장 경악스럽고 놀랍고 훗일이 궁금한 에피소드를 뽑아서 마치 시나리오처럼 신scene별로 #1 #2 #3 번호를 달아 장면별로 보여 주면서 시작했다. 웬만한 독자는 이름조차 모르는 외국의 복잡한 상 이름이나 의례적인 외신 반응을 억지로 끌어와, 책의 미약한 권위를 과대 포장하는 것보다 백배 더 좋은 작전이었다고 자부한다.

이렇게 공들여 보도자료를 쓰고 난 다음 발송할 때도 나만의 의식이 있다. 모든 매체에 이렇게 보내진 못할지라도 최소한 일간지에는 언제나 '컬러 보도자료'를 직접 출력해서 보낸다. 릴리스 대행업체를 이용해 보도자료를 보내는 편집자들은 잘 알겠지만, 대체로 업체에서는 책 표지 이미지가 실린 1쪽만 컬러 복사를 해 주고, 2쪽부터는 그냥 흑백 복사한 보도자료를 언론사에 배포한다.

하지만 내 보도자료는 본문 사진이나 그림 등을 직접 보여 주는 경우가 많고, 인상적인 저자인 경우 저자 사진을 약력 옆에 싣기 때문에, 흑백으로 출력해서 보낼 수가 없다. 보도자료 본문에 사진이나 그림을 쓰지 않는 경우에도 표지와 어울리는 색으로 쪽 테두리를 지정해 컬러 출력해서 보낸다. 커버는 컬러인데 정작 속은 새카만, '복사본'임이 분명한 보도자료보다는 본문까지 다 총천연색인 보도자료가 일단 보기에도 더 좋지 않겠는가.

뭘 굳이 시간 들여 '노가다'를 하느냐고, 보도자료는 결국 내용이 중한 거 아니냐고 하는 사람도 있겠지만, 나는 지금도 일간지 보도자료는 회사에서 가장 인쇄 품질이 좋은 레이저 프린터 앞에 붙어 앉아서 한 장 한 장 컬러 출력해 내 손으로 일일이 스테이플러를 박는다. 내가 설정해 둔 서체나 사진이 깨지지 않는지, 페이지가 뒤섞여 들어가거나 누락되진 않는지 낱장까지 다 확인한 총천연색 보도자료를 기도하는 마음으로 세팅해 보낸다. 이건 신입 시절부터 줄곧 내가 직접 쓴 보도자료에 대해 지키고 있는 '리추얼'이다.

한 출판기자님에게 이런 내 보도자료 발송 의식이 과연 의미가 있는 행동일지 진지하게 여쭌 적이 있다. 그 기자님은 아무래도 시커먼 보도자료들 속에서 끝장까지 완벽하게 올컬러인 보도자료가 있으면 한 단락이라도 더 눈길이 가지 않겠느냐고 답했다. 물론 보도자료 색깔 때문에 서평 대상 도서가 좌우되진 않겠지만, 밀려드는 숱한 보도자료들 속에서 한 페이지라도 더 넘겨 보게 하는 힘은 있지 않을까?

또 한 가지, 보도자료를 발송할 때 곁들여 보내는 것도 있다. 책 내용을 파악하는 데 유의미하거나 기자님들도 재미있어할 만한 굿즈가 있을 경우, 릴리스할 때 함께 보낸다.

양경수 작가님의 직장인 그림 에세이 『실어증입니다, 일하기싫어증』을 냈을 때 굿즈로 '출근용 페이크 북 커버'라는 것을 만들었다. 마케팅 회의 중에 이 책은 젊은 직장인들이 엄청 좋아하긴 할 텐데, 제목이 저래서 정작 회사에서 읽다가 상사에게 들키면 작살날 것 같다고 누군가 탄식했다.

그렇다면 독자의 안전과 읽을 권리를 보장할 수 있게끔 애사심이 물씬 배어나는 가짜 커버를 만들어 보면 어떨까? 페이크 북커버의 제목은 원 제목을 패러디해 '싫어증입니다, 일하고싶어증'이라 붙였고, '출근길이 행복해지는 기적의 에세이'라는 카피와 함께, '자발적 야근' '성과 달성' '사장님 짱!' 등의 구호를 외치며 엄지를 치켜들고 있는 직장인들의 건실한 모습이 담긴 그림을 이미지로 사용했다. 우리가 만들고 우리도 배꼽 잡은 아이템이었다.

　기자도 한 회사의 직장인이자 노동자 아닌가. 우리가 좋아한 만큼 기자님들도 웃어줄 거란 생각이 들어서 보도자료와 함께 이 페이크 북커버를 동봉해 보냈다. 아니나 다를까, 일간지에 이 한정판 페이크 북커버 자체가 보도되는 쾌거가 일어났고, 이 '출근용 페이크 북커버'는 어찌 구하느냐는 문의가 쇄도했다. (심지어 이 페이크 북커버는 출간 후 4년여가 지난 며칠 전까지도 어떻게 구할 방도가 없겠느냐는 간곡한 전화를 받았다!)

　최근에 『미친 사랑의 서』를 편집할 때도 세계문학사의 온갖 바람둥이 작가가 연인에게 "사랑에 빠진 게 죄는 아니잖아!!"라는 맥락의 메시지를 다양한 형태로 변주해 외친 대사들이 재미있게 느껴졌다. 그래서 굿즈로 이 책에 소개된 작가들의 사랑과 이별의 명언집(혹은 망언집)을 만들어야겠다는 생각이 들었다. 원래 본

책 제목 후보로 올렸지만, 문학 출판사에서 내기엔 너무 막 나가는(?) 제목이라는 의견으로 반려된 '최고의 작가, 최악의 연인'을 어록집 굿즈 제목으로 붙여 제작한 후, 언론사에 릴리스 할 때 같이 보냈다. 본 책이 꽤 두툼한 편인데, 책을 열기도 전에 작가들의 광기 어린 치정과 열애를 엿볼 수 있어서 유용했다는 후평을 들었다.

보도자료는 아무리 써도 잘 쓰기가 힘들고 보도자료의 의미를 아는 만큼 눈에 띄게 써야 한다는 부담감도 크다 보니, 흔히 편집자의 일 가운데서도 가장 큰 고통 중 하나로 꼽힌다. 하지만 이 고통을 짊어지고 보도자료를 잘 써낼 수 있는 사람은 오직 책임 편집자 한 사람뿐이다. 외주할 수도, 남에게 떠맡길 수도 없다. 책을 가장 잘 알고 잘 팔고 싶은 책임 편집자의 몫이다. 박정희 정권 당시 민주화운동을 하다 예기치 못한 운명에 휘말린 실존 여성인 『영초언니』의 보도자료를 쓸 때였다. 거의 동틀 무렵까지 보도자료를 쓰다가 겨우 마무리하고, 제주도에 계신 서명숙 선생님을 뵈러 거의 좀비 상태로 공항으로 갔다. 언론인 출신인 서명숙 선생님은 『영초언니』 보도자료가 어찌 나왔을지 몹시 궁금해하셨고, 나는 약간 쑥스러워하면서 보도자료를 드리고는 멋쩍어서 화장실에 다녀오겠다며 자리를 피해 버렸다. 괜스레 딴짓하며 밖에서 떠돌다가 이쯤이면 다 읽으셨겠지, 하고 선생님 계신 곳으로 돌아왔다. 서명숙 선생님은 내가 쓴 보도자료에 고개를 묻고 서럽게 울고 계셨다.

이제 정말 영초언니가 사람들에게 가는구나, 선생님 가슴속에서만 아프게 살아가던 눈먼 영초언니가 정말 사람들 곁으로 다가가는구나……. '영초언니'의 이름을 기억해 달라는 내 마지막 문장이 가슴에 사무치신다며 자꾸만 우셨고, 나도 그만 옆에서 선생님에게 기대 엉엉 울었던 그날 제주에서의 기억이 아직도 생생하다.

몇 달간의 마라톤 편집 과정이 끝나는 막바지, 맘 졸이며 만든 책이 세상으로 나가기 직전의 순간. 나는 보도자료를 쓰고 보내는 일에 정성을 다한다. 한 사람의 삶과 간절한 이야기가 여기 실려 있음을 기억하면서, 편집 과정에서 나의 부족함으로 이 원고에 미처 못다 한 것이 있다면, 지금 이 순간 조금이나마 만회하고 뒤집을 수 있길 기도하는 마음으로.

그래서 종종 보도자료와 책을 실은 릴리스 업체 봉고차가 회사를 떠날 때, 그 뒤꽁무니를 지켜보면서 가만히 손을 흔들게 되나 보다. 보도자료는 편집자인 내가 그토록 사랑하며 완성한 이 책의 출생신고서이자 세상을 향해 띄우는 편집자의 첫 편지다.

〔9〕
계약서를 꺼낼 때와 집어넣어야 할 때

에세이 기획의 타율 높이기

내겐 한 팀으로 일하진 않지만, 서로 일에 대해 이야기하고 에너지를 주고받는 이들이 몇 있다. 사내에선 『읽는 직업』을 쓴 글항아리 이은혜 편집장님이 그런 분이다. 이은혜 편집장님은 복도나 탕비실에서 스치거나 잠깐의 티타임을 가질 때, 나에게 수수께끼 같은 질문과 화두를 던지곤 한다.

"연실 씨, 두 저자가 있어. 이 중 한쪽만 선택해야 하는 상황이야. 첫 번째 작가는 문장이 정말 훌륭해. 하지만 잘 팔릴 것 같진 않아. 판매 전망, 어두워. 두 번째, 적당히 인지도도 있고 독자들이 좋아하는 작가야. 낸다 하면 잘 팔리겠지. 그런데 글이 썩 좋진 않아. 편집 과정도

만만치 않아 보여. 연실 씨는 어느 쪽 저자와 계약하겠어?"

"전 당근 두 번째요."

"왜지?"

"음……, 전 안 팔리는 건 싫어요!"

"어쩜 그렇게 잠깐의 망설임도 없이 대답할 수 있지? 출판계를 떠나는 게 어때?"

마치 악당에게 '지구를 떠나라'고 명령하듯 단호하게 눈을 부릅뜨는 편집장님을 보며 나는 깔깔 웃어 버렸다. 이은혜 편집장님과 내가 회사 복도와 탕비실에서 나누는 막간 대화는 우리가 책이라는 '같은' 대상을 서로 약간 '다른' 방식으로 좋아하는 사람들이기에 더 재미있다. 실제로 이은혜 편집장님이 다른 편집자에게 이 질문을 던졌을 때는, 결국 두 번째 저자를 택한다 할지라도 대부분의 편집자가 심한 고뇌와 망설임 끝에 힘겹게 결정을 내리더라고 했다. 나처럼 단박에 '훌륭한 문장'을 물리치고 '팔릴 만한 원고'를 택하는 사람은 극히 드문 것이다.

하지만 내게 이건 고민거리가 아니다. 욕먹을 각오를 하고 말하자면, 실제 상황에서도 나는 단번에 후자를 택할 것이다. 하지만 그저 '안 팔린다니까!'라는 이유를 들기엔 사정이 좀 복잡하다.

　나는 '완벽하게 잘 쓴 원고'를 계약하지 않는다. 정확하게 말하자면, '내가 좋아하고 잘할 수 있는 원고' '내가 할 일이 분명한 원고' '나와 내가 속한 팀과 출판사에 잘 맞는 원고'를 계약하고 편집한다. 그리고 '내가 재밌게 편집할 수 있다는 자신감과 이건 내 원고라는 확신'은 기필코 독자도 나처럼 이 책을 좋아하게 만들고야 말겠다는 즐거운 작전을 짜는 일로 확장된다.

　'잘 쓴 원고이지만 전망이 어둡다'는 것은, 나와 출판사가 할 수 있는 일이 매우 적거나 아예 없다는 뜻이다. 편집자가 파고들어 가서 독자에게 향하는 길을 넓힐 여지가 없다는 것이다. 문장은 찬란하고 출판의 의의도 분명하지만, 최소한의 독자에게 가닿을 전망이 캄캄하고 빡빡한데, 게다가 그 어둠을 밝힐 왕도도 딱히 보이지가 않는데, 어떻게 내가 이 책을 책임지는 책임 편집자가 될 수 있을까.

　에세이가 한 사람이 자신의 몸으로 직접 보고 겪고 느낀 일을 쓰는 장르인 만큼, 이 바닥에서는 편집자도 몸 사리지 말아야 한다. 앞선 두 가지 유형의 원고 중 후자에 해당하는, 팔릴 전망과 독자가 또렷이 보이지만 '고생길도 훤히 보이는' 원고들이 있다. 이때 나는 일단 먼저 손들어 보는 편집자고, 웬만하면 해 보는 쪽을 택하는 사람이다.

특히 전작이 기대보다 잘된 다음 신간을 내는 작가의 경우, 작가의 기대치는 높고, 전작에서의 아쉬움까지 한풀이하듯 새로운 것을 시도하다 보면 정작 원고는 새로 산 옷을 입은 것처럼 까끌까끌한 지점이 생기기 마련이다. 하지만 '자기 독자를 확보한 작가' '책을 한번 대차게 팔아 본 작가' '자존심 있는 작가'와 함께 일해 보는 경험은 편집자에게도 득이 된다. 우리 모두 알다시피, 작가는 저마다 오만가지 방식으로 까다롭고 예민하다. 자신의 인생 일부를 털어 쓰는 에세이를 만들고 파는 일에 대해서는 더 예민할 수밖에 없다. 그들은 그 어떤 것도 허투루 넘기지 않고 만만히 넘어가지 않는 그 특유의 까다로움으로 작품을 쓰고 작가가 된 것이다.

그래서 나는 작가와 회사의 기대가 큰 책, 잘 팔아야 한다는 부담이 있는 책, 일정이 빡빡한 책, 저자가 까다롭다는 소문이 자자한 책에도 매번 거리낌없이 달려든다. 기다리는 독자가 분명히 있는데 다른 편집자들이 각종 소문과 우려로 고생스러울까 봐 주춤거리고 있다면, 이건 기회다! 물론 높은 확률로, 이렇게 무모하게 불속에 뛰어든 당신은 상상했던 것보다 더 크게 고생하고 예기치 못한 환란도 겪겠지만, 에세이 편집자가 '사서 하는 고생'은 편집의 경험치를 대폭 늘려 준다.

또 내가 해 볼 만하다라고 생각하는 다른 유형의 원고도 있다. 아무리 이름 없는 신인 작가이고 소재는 마이너하며 다소 괴상한 내용일지라도, 내가 하고 싶은 일, 할 수 있는 일이 연이어 떠오르는 원고가 있다. 띠지 카피도 떠오르고 기똥찬 제목도 머릿속에 지나간다. 재미난 광고 문안과 굿즈, 이벤트가 연달아 떠올라 혼자 히죽거린다. 다른 사람이 뜯어말려도 '팔 수 있겠다'는 신호가 온다. 아니 정확히 말하자면 이것은 '누구에게라도 이 작가와 이 이야기를 알리고 싶다는 열의'에 가까운 것일지 모르겠다. 이런 원고를 만나면, 나는 판을 키워 보자는 생각을 가지고 계약서를 꺼내든다.

반면, 내가 미련 없이 계약서를 집어넣을 때는 이런 경우다. 우리나라 편집자들은 정말 일을 잘하는 데다 엄청나게 빠르다. 그래서 눈에 띄는 에세이스트가 있다 싶어 냉큼 연락해 보면, 이미 계약이 줄줄이 되어 있는 경우가 많다. 인기까지 있는 작가라 치면 대기 번호표 뽑고 수년 후까지 기다릴 각오를 해야 하는 경우도 다반사다. 그러나 작가와 원고가 몹시 매력적이고 지금 이 순간 나의 '덕심'이 폭발한다 할지라도, 이 작가의 다음다음다음다음…… 순번의 집필을 손가락 꼽으며 기약해야 하는 책이라면, 나는 포기한다.

물론 나의 기획과 제안에 따라 명확한 콘셉트와 방향성을 잡고 만들어 가는 책이라거나, 나와 반드시 작업해야 할 사유가 있는 특별한 경우엔 예외를 두겠지만, 대체로는 그만둔다. 왜냐하면 지금 내가 바라보고 있는 이 작가가 몇 권의 책을 더 낸 이후에도 여전히 지금처럼 내가 열렬하게 좋아하는 그 작가일지는 장담할 수 없는 것이다. 나도 변하고 작가도 변할 것이기 때문에. 게다가 에세이는 작가의 실제 삶에 기댄 장르이기에 자칫하면 다음 책 다음다음 책, 다음다음다음 책을 차례로 써 나가는 동안, 내가 정말 원하고 아름답다 느꼈던 그 이야기가 슬며시 새어 나가거나 소진되기도 한다.

아무리 지금 내 마음을 욱신거리게 하는 삶과 생각, 한 사람의 빛나는 결정結晶이 담긴 이야기라 할지라도, 저자가 집필을 지나치게 후순위, 훗날로 미루어야 하는 상황이라면 나는 계약하지 않는다.

요즘 내가 뼈에 새기는 말이 있다. 계약서를 쓰거나 외서 오퍼를 하기 전에 떠올려 보는, 한 기획자 선배가 해 준 말이다. 잘 팔리면서도 좋은 책을 많이 만드는 그 선배가 어떤 기준에 따라 기획하고 계약하는지 한마디로 정리해 말할 수는 없지만, 그가 '하지 않는 것'에 대해서는 내게 명쾌하게 들려준 적이 있다.

"할까 말까 망설여지는 타이틀은 하지 않는다."

'이건 분명 된다'는 절박한 확신으로 달려들어도 실제로 시장에서 살아남을까 말까인데, 편집자조차 할까 말까 망설이는 타이틀, 해도 괜찮을 것 같고 안 해도 그만인 책이 과연 독자에게 가닿겠는가. 내가 할까 말까 망설이고 있는 책이라면 독자는 잠깐의 망설임조차 없이 이 책이 놓인 매대 곁을 빛의 속도로 스쳐 지나갈 것이다.

최근 들어 나는 계약서를 쓰기 전에 혼자서 '최소 부수'를 헤아려 본다. 마케터와 함께 공식적으로 세우는 목표 판매 부수는 원대하게 잡을지라도, 계약 전 나 혼자서 따져 보는 '현실적인 최소 부수'는 냉엄하게, 지극히 소극적으로 잡는다. 족히 10만 부는 나갈 것 같은 책은 기실 5만 부가 안 나가고, 5만 부는 족히 나가리라 기대한 책이 3만 부 선에서 그치는 것이 요즘 출판 시장이다. 1만 부 나갈 것 같은 책은 5천 부 나가고, 5천 부 나갈 것 같은 책은 3천 부 나가며, 에이 암만 못해도 3천 부는 나가겠지 싶었던 책이라면 초판 소진을 못할 확률이 높다. 우리의 뜨거운 열정과 희망에 비해 출판 시장의 현실과 독자의 지갑 사정은 가혹하다.

최소 부수, 현실 부수를 따져 볼 때는 나의 애정과 열정은 잠깐 멀리 떨어뜨려 놓고, 이 책의 편집 과정에서 벌어질 수 있는 온갖 리스크를 대입해 목표 부수에서 반으로 토막 치고 또 토막 쳐 본다. 그리고 최악의 상황에서도 이 책이 최소한 이만큼은 나갈 것이라는 마지노선과 내가 안간힘을 다해 지켜 낼 수 있는 최저치가 스스로 납득 가능한 수준일 때에만 나는 비로소 계약서를 꺼낸다.

그 최소 부수가 초판 소진이 어려운 정도일 때, 혹은 이 원고에 투입해야 할 나의 인력과 노력과 시간에 비해 최소 부수가 너무 적다 싶을 때는, 역시 '안 하는 쪽'을 택한다. 지금 내 자리에서 진행할 타이틀은 아닌 것이다.

편집자로 살다 보면 내가 맡긴 여의치 않은데, 참 아깝다 싶은 타이틀이 불쑥 나타나곤 한다. 아쉽지만 이럴 땐 그냥 아까운 상태 그대로 미련 없이 놓아 주는 게 좋다. 아까운 타이틀을 놓치는 것보다 더 무서운 일은 잘못된 판단으로 애매한 타이틀을 물고 늘어져 자신과 동료의 힘을 소진시키는 것이기 때문이다.

기획편집자 출신으로 문학동네 대표이사가 된 김

소영 대표님은 얼마 전 기획회의에서 이런 얘기를 들려주셨다.

"편집자가 한 권의 책을 맡으면 짧게는 두 달 길게는 수개월, 때로는 몇 년까지도 좋든 싫든 그 원고를 붙들고 살아가야 한다. 기획안을 올리기 전, 진지하게 스스로에게 되묻길 바란다. 나는 정말 이 원고에 수개월 그 이상을 헌신할 준비와 각오가 되어 있는가? 그만큼 이 이야기에 관심이 있고 깊이 알고 싶은가? 편집자로서 내가 이 책을 정말 확신을 갖고 만들어 내고 싶은지, 그리고 무슨 일이 있더라도 끝까지 만들어 낼 수 있는지, 내가 '기획을 위한 기획'을 하는 건 아닌지, 거듭 묻고 각자 답을 찾아보았으면 좋겠다."

책 한 권을 완성하는 데는 상당한 체력과 마음과 시간이 소요된다. '이 원고에 수개월을 헌신할 가치가 있는가?'라는 질문은 결국 편집자인 나 자신에게 가장 중요한 질문이다.

유명인의 책에서 인기와 팬덤보다 중요한 것

SNS 팔로워 수와 인지도에 속지 마라

한 기획자가 죽여주는 기획안을 만들었다며 내게 검토를 요청했다. 과연 거기엔 어벤저스급 유명인들의 이름과 그 옆에 최소 여섯 자리 단위 숫자인 그들의 SNS 팔로워 수가 적혀 있었다. 기획자는 이 팔로워 가운데 1퍼센트만 독자로 넘어와도 어마어마한 베스트셀러가 될 거라며 의미심장한 미소를 지어 보였다.

그런데 나는 웃음이 나질 않았다. 어떻게 해야 이 설계도부터 부실 공사인 기획을 말릴 수 있을까, 하는 생각뿐이었다.

"유명인의 책이 잘 팔릴 확률은 절대 SNS 팔로워 수나 인지도 순이 아니에요!"

사자후를 토해 보았지만, 그 기획자는 내가 왜 그토록 뜨악해하는지 잘 이해하지 못했다.

에세이 시장에서 방송과 미디어의 영향력은 압도적인 수준이 되었고, 에세이 편집자라면 누구나 이름만으로도 사람들을 흥분시킬 만한 셀럽, 인플루언서를 붙들어 책 만들 궁리를 한다. 하지만 우리가 익히 상대하던 독자가 아니라 그의 열광적인 팬과 SNS 팔로워에게 책을 팔 작정이라면 다시 생각해 보는 게 좋겠다. 그 유명인에 대한 기사가 매일 소나기처럼 쏟아지고 포털 사이트 실시간 검색어 순위에 계속 오르내리며, SNS에 댓글과 좋아요가 수만 개, 수십만 개씩 달리니 아무리 못해도 책을 내면 몇 쇄는 나가겠지 하는 나이브한 생각으로 시작한 기획이라면, 나는 애당초 접으라고 말하고 싶다.

나도 연예인, 셀럽의 책을 작업해 보았지만, 사실 그들이 얼마나 인기가 있느냐는 내가 그의 편집자가 될 것이냐 아니냐에 '결정적인 영향'을 미치지 않았다. 실제로 톱스타가 자서전이나 에세이를 냈지만 예상보다 큰 반향을 얻지 못하고 터무니없이 저조한 판매를 기록한 사례는 일일이 헤아리기 힘들 만큼 많다. 우리가 찾아서 책으로 만들어야 할 사람은 그냥 '인기 스타'가 아니라

'책이 될 만한 스토리와 맥락을 가진 유명인'인 것이다.

내가 스타들의 SNS 팔로워 수와 막연한 대중적 인지도를 믿지 않는 것은, 그들은 엄밀히 말해서 '무료 구독자'이기 때문이다. 그리고 한 사람이 유명하면 유명할수록 그에 관한 사진·영상·인터뷰·블로그 글 등 무료 콘텐츠는 인터넷에 범람한다. 대중은 그토록 많이 양산되는 무료 인터넷 콘텐츠와 스타가 이슈가 있을 때마다 SNS에 올리는 콘텐츠를 편안히 받아 보기에도 바쁘다. 쟁쟁한 스타와 인플루언서가 오늘도 유튜브 채널을 열고 '구독, 좋아요'는 큰 힘이 된다고 목 놓아 외친다. 그리고 그거 누르는 데 돈 드는 거 아닌데도 구독자와 조회수는 대개 기대만큼 폭발적으로 늘지 않는다.

이 와중에 책은 대중에게 결코 친절하지도 편안하지도 않은 매체다. 서점에 가서 적지 않은 금액을 내고 직접 구입해야 하고, 영상이나 음악처럼 크게 집중하지 않아도 몸에 편안하게 스며드는 매체가 아니다. 눈을 부릅뜨고 의식적으로 활자를 읽어 내고 적극적으로 머리를 굴려 이해해야만 하는 만만찮은 상대인 것이다.

그렇다면 어떤 유명인에게서 어떤 내용을 뽑아 책에 담아야 사람들이 무료 콘텐츠의 홍수 속에서 지갑을 열어 책을 구매할까? 유명인의 책을 만들 때 최우선으로 기억해야 할 것은 다른 무료 콘텐츠에서는 볼 수 없는 뾰족한 주제와 깊이 있고 차별화된 내용을 담을 수 있어야 한다는 것이다.

나는 어머님이 어떤 태몽을 꿨는지부터 가족 관계, 초등학교 때 교우 관계, 끼가 있고 엉뚱하다는 생활통지표에 적힌 담임 선생님의 말씀, 쉴 때 주로 뭐하는지, 데뷔까지의 험난한 과정, 왜 연예인이나 기업인이 되었는지 등이 구구절절 묶여 있는 원고나 그런 인생 대서사시를 엮어 내고자 하는 유명인에게는 별 관심이 가지 않는다. 이런 책은 만드는 사람도 재미가 없거니와 만든 후에도 잘 안 나간다. 물론 초반 한두 달 쯤에는 팬덤과 관계자들의 힘으로 바짝 나갈지 몰라도 석 달만 지나도 거짓말처럼 판매가 멈춘다. 골수팬에게는 이런 소소한 정보가 의미 있을지 몰라도 대중 독자에게는 그저 '네 일기 너나 재밌지'라는 탄식만 나오는 것이다.

책이 경력을 전시하는 유명인의 포트폴리오나 팬덤의 굿즈라는 기능을 하는 것만으로 족하다고 생각하는 사람이라면, 물론 이런 다양한 정보를 매끈하게 엮어서 단기간에 바짝 팔아도 된다. 그러나 한철 장사꾼이 아니라 '에세이 편집자'라면, 한 사람의 삶과 힘, 웃음과 울음을 책이라는 오래된 보관함에 담아 익명의 독자에게 다가가려면, 찾아내야만 한다. 이런저런 에피소드를 마구 끌어모아 되는대로 분량 맞춰 엮는 게 아니라, 한 사람의 삶과 일의 핵심을 꿰뚫는 강력한 콘셉트, 그의 오늘을 한 타래로 꿰는 키워드는 반드시 있다.

하정우 작가님의 두 번째 에세이를 준비하면서 나는 자주 놀랐다. 하정우 작가님은 배우·화가·영화감독·제작자·저자 등 많은 일에 진지하게 도전해 온 만큼 모아 둔 이야기들의 결 또한 다양했다. 그러나 그 많은 이야깃거리와 에피소드를 뒤로 하고, 작가님과 나는 두 번째 에세이에서 '걷기'에 초점을 맞추기로 했다.

물론 화가로서도 인정받는 하정우 작가님이 그려 온 그림, 무심히 독백처럼 불쑥불쑥 튀어나오는 자기만의 연기론·배우론 등 편집자로서 쉽게 내려놓기 아까운 이야기가 너무나 많이 쌓여 있었다. 그러나 하정우 작가님도, 편집자인 나도 모든 인생과 시절을 탈탈 털어 이 책 한 권에 자기소개나 이력서처럼 넣을 필요는 없다고 생각했다. 매일, 꾸준히, 하지만 별나게 걷는 그의 한 걸음 한 걸음에 대한 이야기를 자연스럽게 풀어놓으니 그의 삶과 생각도 가뿐하게 실렸다.

게다가 하정우 작가님은 책을 낼 때 그간 어디서도 하지 않았던 이야기를 건네주었다. SNS도 하지 않고,

토크쇼 출연도 거의 하지 않는 그가 자신의 이야기를 기록하고 정리하는 방식은 책이었다. 열심히 살다가 '때가 됐다' 하는 순간이 오면 흩어 놓았던 자신의 기록을 정돈해 책에 담는 작업이 자신에게 잘 맞는다고 했다.

그래서 그는 책에 자신의 패배와 슬럼프, 두려움과 일상 속의 감정을 낱낱이 기록하는 데 주저함이 없었다. 책에 쓸 도판을 요청했을 때도, 사진작가들이 찍은 멋들어진 화보가 아니라, 자신의 휴대전화에 담겨 있던 셀카, 함께 걷는 친구들이 아무렇게나 찍어 준 우스꽝스러운 스냅사진을 몽땅 꺼내 주었다. 잘 꾸며진 아티스트의 모습이 아니라 걷는 순간 자연인이 되는 자신의 모습을 그는 '책'이라는 매체에 담고 싶어 했다. '걷기'라는 보편적이고 공감대 높은 주제에 다른 매체에서는 한 번도 공개하지 않은, 오직 책에만 수록되는 이야기와 사진까지 있으니 잘되겠다는 확신이 들었다.

아무리 유명한 사람이고 매력적인 콘텐츠를 갖고 있는 저자일지라도 내가 그다지 흥이 나지 않는 작업은, 빵 터진 프로그램이나 별도의 완성된 창작물이 있는 상태에서 그것을 만들기까지의 후일담 혹은 제작 후기를 부가적으로 담는 에세이를 편집하는 것이다. 이미 성공한 콘텐츠가 있고 그것을 사람들이 봤다는 가정하에 그에 얽힌 소소한 에피소드를 『헨젤과 그레텔』의 빵부스러기처럼 뿌려 주는 책은 하고 싶지 않다. 책은 책으로서의 독립성과 완결성이 있어야 한다.

그래서 나는 책을 자기 인지도와 커리어의 '부록'처럼 만들고자 하는 유명인과의 작업에는 쉽게 동하지 않는 편이다. 자기 본업에서 아무리 큰 성공을 거두었다 할지라도 책 작업을 할 때는 철저히 작가가 되는 사람이 좋다. 글을 유려하게 잘 써야 한다는 말이 아니다. 자신의 책에 대한 책임감과 기대와 무게감을 가지고 충분한 시간을 투여해 원고 작업을 할 준비와 각오가 되어 있는 사람을 찾고 기다린다는 말이다. 자신이 이만큼 유명하니 출판사에서 알아서 멀끔한 책으로 만들어 주겠거니 바라고 기다리기만 하는 사람의 책은 결과적으로 잘되지도 않거니와, 작가 자신과 편집자, 결국은 독자에게까지 독이 된다.

김이나 작가님은 작사를 시작한 지 10년째 되던 해에 작사가로서의 업을 정리해 『김이나의 작사법』이라는 책에 담았다. 그전에도 많은 출판사가 책 출간을 제안했으나 응하지 않았다고 했다. 그 10년째 되던 해 마침 내가 작가님을 만났으니, 나로서는 엄청나게 운이 좋았다. 오래전부터 김이나 작가님은 인기 작사가였지만,

작가님은 스스로 이 일을 한 10년은 하고 난 뒤에야 작사에 대해 온전히 한 권의 책을 낼 수 있으리라 생각했다고 한다.

10년.

김이나 작가님이 온갖 유혹적인 제안을 물리치고 혼자 익히고 기다려 온 그 시간의 힘은 무서운 것이었다. 김이나 작가님은 막상 집필을 시작하니 작사의 기술과 본인의 작업에 얽힌 이야기를 너무나 재밌게 술술 써 내려 가기 시작했다. 마치 오래 이 순간만을 기다려 온 사람처럼.

'나도 이만큼 유명해졌으니 남들처럼 책 한번 내 볼까' 하는 즉흥적인 충동이 아니라, 책이라는 매체에 대한 애정과 존중을 마음에 품고서, 책이 될 만한 이야기를 나이테처럼 천천히 쌓아 가며 살아 온 유명인의 책은 질적으로 다르다. 그리고 나는 독자는 그런 유명인의 책을 알아보고 정직하게 반응한다고 믿는다.

유명인의 인기와 커리어의 부침에 따라 갈대처럼 판매량이 흔들리는 책이 아니라, 책 그 자체로 온전한 읽을거리가 되는 에세이를 나는 기획하고 싶다. 포털 실시간 검색어 차트처럼 반짝 베스트셀러 차트에 이름을 올렸다가, 석 달도 못 되어 썰물처럼 독자가 빠져나가는 수명 짧은 책이 아니라, 우직하게 독자를 늘려 나가고 서점에서 오래 독자를 만나는 유명인의 책을 나는 기획하고 싶다.

이런 책은 그 유명인의 가장 빛나는 날에도, 이따금 좋지 않은 시절에도 그의 삶과 성취에 부인할 수 없는 증거가 되어 주고 지지대가 되어 준다. 저자의 유명세에만 기댄 게으른 기획의 에세이는 그의 팬만을 타깃으로 삼았다가 팬들 사이에서도 그렇게 특별한 얘기는 없더라며 볼멘소리가 나오기 일쑤이지만, 고민을 거듭한 기획과 단단한 집필에서 나온 에세이는 호기심으로 심상하게 책을 집어 들었던 일반 독자까지도 그의 팬으로 끌어들인다.

생각해 보면 나는 지금까지 직접 편집한 유명인의 책보다, 먼저 출간 문의나 제안이 왔으나 '아무래도 제가 잘할 수 있는 책은 아닌 것 같다'고 사양한 유명인의 원고가 조금 더 많은 것 같다. 에세이는 성공 사례 모음집이 아니어서 아무리 그 유명인이 자신의 본업에서 인기가 많고 성공했다 할지라도, 좋은 에세이가 되는 내용을 가진 유명인은 생각보다 극소수다.

그러므로 나는 유명인 에세이를 만들 때 앞으로도 계속 깐깐할 예정이다.

에세이 업계에선 덕후가 계를 탄다

좋아하는 것을 더 좋아하기

어제 나는 내가 열렬히 '덕질'하던 분을 만나고 왔다. 그분이 미팅 장소에 들어서는 순간, 한때 올림픽공원 콘서트장에서 괴성으로 앞사람 고막 좀 터뜨려 봤던 내 안의 돌고래 초음파가 터져 나올 뻔했으나, 잠시 그 돌고래를 기절시켜 가슴속으로 돌려보내고 여유로운 미소로 명함을 내밀었다.

"명함이 독특하네요!"

"네, 회사 명함이 단조로운 것 같아서, 제가 사비로 따로 팠답니다!"

"우와, 진짜요?"

카드처럼 열리는 이 펼침형 명함에는 지금까지 내

가 만든 책과 내가 좋아하는 문장이 적혀 있다. 실은 처음 만나는 이들에게 나를 소개하고 어필하려고 제작했는데, 뜻밖에 다른 유용함이 생겼다. 이렇게 처음 만나는 작가와의 대화를 부드럽게 열고 이어 나가는 데 도움이 되는 것이다.

게다가 이 '명함 대화'는 첫 미팅의 첫 대화에서 반복되는 패턴이라 내가 미친듯이 좋아하던 분을 실제로 만나 심장이 쿵쾅거릴 때도, 차분하고 담담한 척 포커페이스를 유지할 수 있어 좋다. 덕질하던 대상을 현실계에서, 그것도 업무로 만나면 "반갑습니다. 바쁜 중에 시간 내주셔서 감사합니다"라고 정중하게 인사하는 와중에도, 실은 내 안의 돌고래가 초음파를 쏘며 날뛴다.

'와악, 으아아아아, 어떡해! 좋아해요! 사랑한다고요! 여러분, 세상 사람들아, 내가 성덕이다!!'

에세이 편집자가 되면 네가 좋아하는 누구든 무엇이든 책으로 만들 수 있으리라던 털보 실장님의 이야기는 진실이었다.

내가 기획한 책은 대체로 덕질의 산물이다. 기존에 좋아하던 것을 책으로 기획하고, 어느 날 문득 첫눈에 반한 대상을 더 열렬하게 알고 덕질하고 싶어서 기획안을 쓰기도 한다. 회삿돈으로 덕질하는 신나는 기분, 근무 시간에 '최애'를 만나는 설레는 기분, 덕질하다 책 만들어 본 에세이 편집자라면 이 기분이 얼마나 일에 동력이 되는지 알 것이다.

　김이나 작가님은 우리가 '덕심으로 일한다'는 점에서 비슷하다고 얘기하신 적이 있다. 지금 한국 최고의 작곡가와 가수의 곡에 가사를 쓰고 있는 김이나 작가님은 한국 대중음악의 열렬한 '덕후'였다. 지금도 여전히 그 '덕심'을 잃지 않고 일한다. 작가님은 만약 신이 계를 타게 해 줄테니 오랫동안 덕질해 온 '최애'와 연애하는 것 또는 그의 동료가 되어 일을 같이 하는 것 중에 양자택일하라고 한다면, 무조건 '최애'와 일하는 쪽을 택할 것이라고 하셨다. 나 역시 그럴 것이다. 일로써 '최애'의 선택을 받는다는 것, 내가 매혹되었던 '최애'의 다음 작품을 함께 만든다는 것이야말로 덕후가 탈 수 있는 최고의 '계'가 아닐까.

　2020년 나는 최규석 작가님과 연상호 감독님의 만화 『지옥』을 만들었다. 넷플릭스 오리지널 시리즈로 제작되고 있는 이 작품은 내가 약 10년간의 도끼질 끝에 탄 '계'와도 같은 작품이다.

　『공룡 둘리를 위한 슬픈 오마주』와 『습지 생태 보고서』로 최규석 작가님이 한국 만화판에 혜성처럼 등장했

을 때부터 나는 그의 열렬한 팬이었다. 『습지 생태 보고
서』는 반지하에서 생활하는 만화가 지망생의 가난과 욕
망, 웃김과 슬픔, 모순과 꿈에 대해 그린 작품이다. 한여
름 사막처럼 불타는 옥탑방과 사시사철 습지처럼 눅눅
한 반지하 자취방을 전전하던 대학 시절의 내게 최규석
작가님의 책은 경전이나 다름없었다. 한여름밤 에어컨
도 없는 옥탑방이 삼겹살판처럼 달구어져 결국 24시간
열려 있던 학교 열람실로 헉헉거리며 피신 갈 때도 내
손에는 토익 문제집이나 전공서가 아니라 『습지 생태
보고서』가 들려 있었다. 에어컨 바람 시원한 열람실에
서 기절한 듯 엎드려 자다가, 이 책에 등장하는 습지 대
학생들을 보면 그냥 좋았다. 이 책에 등장하는 사람들이
부디 잘살기를 바랐다. 삶도 마음도 망가지지 않고 잘
견디고 견뎌 그들이 꿈꾸는 것을 꼭 이루기를 기도했다.
그리고 이 책을 좋아하는 나 또한.

　　문학동네에 들어와서 기획안이라는 것을 쓰기 시
작할 때부터 대뜸 최규석 작가님께 기획안을 보냈다. 일
러 에세이(일러스트+에세이)와 정치 학습 만화 등 최
규석 작가님이 하는 일을 조사하고 관찰한 후, 그야말로
갖가지 기획안과 제안을 드렸던 것 같다. 내가 무엇이든
해도 되고, 할 수 있는 에세이 편집자였기 때문에 가능

했던 일이다. 결국 10년 뒤 에세이가 아닌 작가님의 본진인 만화 작품으로 나는 최규석 작가님의 편집자가 되었다. 좋아하는 작가님을 따라 이렇게 나의 장르도 확장된다.

영화 『재심』의 실제 모델인 진실탐사그룹 『셜록』의 박상규 기자님 또한 내 오랜 덕질과 '투자'의 대상이었다. 어느 날 포털 사이트에서 친부 살인죄로 복역 중인 여성 무기수가 18년째 한결같이 자신의 무죄를 주장하고 있다는 르포를 읽었다. 박상규 기자님이 언론사를 뛰쳐나와 독립적으로 세상에 내놓은 첫 번째 재심 프로젝트 '그녀는 정말 아버지를 죽였나'를 읽고 나는 뒤통수를 세게 얻어맞은 것 같았다. 잘 쓰는 사람을 만날 만큼 만나 보았고, 좋은 글이라면 한 '트럭' 읽었지만, 이런 글은 처음이었다. 탐정소설처럼 마음을 졸이게도 하고, 가난하고 억울한 사람들의 목소리를 받아 쓴 대목에선 그들의 울음이 들리는 것만 같았다.

박상규 기자님이 펀딩을 열 때마다 기꺼이 돈을 썼다. 그리고 후원자 리워드 모임에 쭐레쭐레 나갔다가 기자님을 직접 만났다. 박상규 기자님과 망원동 홍어삼합집에서 쿰쿰한 홍어와 크림 같은 홍어애를 베어 먹고 막걸리를 나누어 마셨던 날의 기억이 지금도 생생하다. 변

호사와 기자, 북한이탈주민과 각종 억울한 사연을 품은 사람들 그리고 그들의 이야기를 듣고자 하는 평범한 사람들이 한데 모여 먹고 마시고 떠드는 희한한 자리였다. 나는 그날 글이나 책으로 한 사람의 마음이나 기분은 바꿀 수 있을지언정 세상은 그리 쉽게 바뀌지 않는다고, 책보다 무거운 건 현실이라고 잘난 척 폼 잡던 내 생각을 뜯어고쳤다. 때로는 글 한 줄로 한 사람의 운명이 바뀌고, 억울함이 풀리며, 세상이 뒤집어지기도 하는 것이다.

이슬아 작가님의 '일간 이슬아'를 구독하고, 박상규 기자님이 세운 진실탐사그룹 『셜록』의 유료 회원인 '왓슨'으로 활동하는 것 외에도, 나는 꽤 많은 것들을 구독하고 유료 회원으로 가입하고 있다. 매달 자동이체로 빠져나가는 콘텐츠 구독료나 회원 가입비가 내가 든 적금과 보험보다 많지만 전혀 아깝지 않다. 기꺼이 돈을 지불한 창작자들이 높은 확률로 점점 문명文名을 떨쳐 훗날 나의 작가가 되어 주니, 이건 내 편집자 인생의 적금이나 투자와 다름없기 때문이다. 돈과 시간을 아낌없이 쏟아붓는데도 아깝다는 생각이 조금도 들지 않으면, 그것이 바로 덕후라는 증거랬다. 덕후 이연실이 차곡차곡 부은 구독료와 회원 가입비는 훗날 편집자 이연실이 타는 '곗돈'으로 돌아올 것이다.

그래서 나는 함께 일할 후배 편집자를 뽑는 과정에서 고심할 때도 무엇보다 그가 열광하는 게 무엇인지, 좋아하는 분야가 다양하고 그것을 열정적으로 좋아하는 사람인지를 눈여겨본다. 냉철하고 냉소적이고 그 어떤 것에도 크게 놀라거나 감정이 흔들리지 않는 사람도 나름의 장점이 있겠지만, 나는 아무래도 좋아하는 게 너무 많아서 자주 복받치는 사람에게 마음이 가고, 그런 사람과 동료로 일하고 싶다. 좋아하는 게 많아서 보고 싶고 듣고 싶고 다니고 싶고 만나고 싶고 알고 싶은 것도 많은…….「영심이」주제가에 나올 것 같은 편집자들이 좋다. 나 역시 아무리 일에 부대끼고 팍팍한 날에도 '영심이' 마음을 잃지 않으려 노력한다.

그런 영심이 마음을 유지하는 나만의 방법이 있다. 살다 보면 시들하고 재미없는 세상인 것 같아도, 우리 주변엔 열광할 만한 재미있는 사람들이 포진해 있다. 그리고 이 온갖 분야의 재미있는 사람들과 화제를 한 권으로 편집해서 보여 주는 놀라운 장르의 책이 있으니, 그것이 바로 '잡지'다. 나는 다음 생의 꿈이 매거진 에디터일 정도로 잡지 읽는 것을 좋아한다.『컨셉진』,『보스토크』,『씨네21』,『채널예스』,『톱클래스』등의 매거진은

빼놓지 않고 보려 애쓴다.

『컨셉진』은 매호 주목받는 유명인이나 스타를 내세우기보다, 해당 호의 주제에 맞는 일반인을 기막히게 섭외해 그 호의 스타로 빛나게 한다. 분명한 관점과 주제가 있는 기획과 인터뷰가 평범한 사람을 어떻게 주인공으로 만드는지를 보여 준다.

『보스토크』는 사진 매거진임에도 그저 시각예술로서의 사진이 아니라 이야기로서의 사진을 감상하게 한다. 이 잡지에 실리는 사진작가와 글작가에게 나는 언제나 매료된다.

『씨네21』은 편집자가 되기 전부터 지금까지 늘 본다. 계속 본다. 하지만 당연하게도 『씨네21』에서 소개하는 영화와 작품은 다 보지 못한다. 내가 결국 보지 못할 작품이 훨씬 많음에도, 『씨네21』은 그 영화와 작품, 무엇보다 그것을 만든 사람들을 기억하게 해 준다. 맨 마지막 페이지의 칼럼을 쓰는 필진도 눈여겨본다. 『씨네21』은 내가 가장 오래 구독한 잡지이고 잡지계의 조상님 같으면서도, 한결같이 신선하고 재미있다.

『채널예스』에서는 최근 출판 트렌드부터 주목받는 책과 작가를 발견하고 복기할 수 있다. 그뿐 아니라 기획부터 책 한 권이 완성될 때까지 책 뒤에 서 있는 편집자와 디자이너, 마케터의 이야기에도 스포트라이트를 비추는 매체라는 점 때문에 나는 이 잡지를 애독한다. 지금 출판인들이 어떤 마음으로 누구에게 열광하며 어떤 기획을 하고, 그들을 세상에 매력적으로 보여 주려고 어떤 고민을 하는지 늘 정성껏 소개한다. 『채널예스』에 등장하는 업계 사람들의 '좋아하는 것' '잘하고 싶은 것' '앞으로 하고 싶은 것'들을 읽으면서 자극도 받고 용기도 얻는다. 이런 완성도 높은 잡지를 책을 사면 적립되는 포인트로 얻을 수 있다니, 이게 웬일인가. 그저 감사한 마음으로 샅샅이 훑어본다.

인터뷰 전문 매거진 『톱클래스』도 매달 100쪽 넘는 사람 이야기가 빼곡하게 담겨 있어 내 '입덕'의 문이 되어 주는 매체이다. 자기 자신과 스스로 이뤄 낸 작업에 대해 밑줄 긋고 싶은 결정적인 말 한마디를 남기는 사람은 한 권의 책으로 만들었을 때도 힘이 있다.

크라우드펀딩과 독립출판물에도 아낌없이 돈을 쓴다. 내가 계산기를 두드려 보느라 '아, 이건 안 되겠지' 포기했던 것마저 과감하게 시도하고 실현시키는 기획물의 천국이 바로 여기다. 내가 안전하고 잘될 게 확실한 것에만 시간과 노력을 투자할 때, 그들은 여봐란듯이 시장성 없어 보이는 것들로 시장을 개척해 낸다.

어제, 내 오랜 덕질 상대와의 미팅에선 시간이 어떻게 지나갔는지 모르겠다. 가슴이 콩닥거리는 가운데 미팅은 순조롭게 잘 끝났고, 내 안의 돌고래는 코끼리로 변신해서 쿵쾅쿵쾅 네발로 땅을 차며 춤을 추고 있었다. 나는 마지막까지 여유롭고 자신만만한 표정을 잃지 않고 일어서서 "고맙습니다. 좋은 책 만들겠습니다!" 하고 인사를 드렸다.

그런데 방금 내 작가가 된 그분이 테이블에서 무언가를 더듬더듬 찾았다. 알고 보니 내가 그분의 마스크를 덥석 집어 쓰고 일어난 거였다…… (여성 작가인) 그분은 초면부터 간접 키스냐고 유쾌하게 농담을 하고는 꿈처럼 아름답게 멀어져 갔다.

아, 진짜 나란 놈은 대체 왜 이러는 걸까. 하지만 진짜 제정신이 아니었다구! 너무너무 좋았단 말이다! 아하하하, 여러분, 제가 ○○○ 작가님의 책을 만들어요!!!

처음부터 강렬한 간접 키스(?)로 맺어진 그분의 책을 만들 생각에 가슴이 자꾸 뛰어서 잠이 안 온다. 하지만 프로페셔널한 편집자인 척 얘기하다가 마지막에 나도 모르게 그분의 마스크를 집어 쓰고는 마스크 속에서 헤벌쭉 웃던 내 모습이 창피해서 이내 이불을 걷어찬다. 그랬다가 내가 민망할까 봐 가볍게 농담을 건네던 그분의 멋진 웃음을 생각하니, 갑자기 다시 너무 좋아서 혼자 막춤을 추다가 다시 누웠다.

아마 오늘밤 나는 꿈속에서도 그분을 만날 것 같다. 그러니까 이번에 내가 계를 탄 ○○○가 누구냐면……. 2021년 출간될 이연실 편집자의 책을 눈여겨보시면 저절로 알게 됩니다!

외국어 못해도 될성부른 해외 에세이를
발굴하고 편집할 수 있다

외국어 실력보다 중요한 독자들과의 접점 만들기

만약 편집자가 되지 않았다면 대체 어디에 취업할 작정이었는지, 나는 토익이나 토플 같은 영어 공인시험을 평생 한 번도 치러 본 적이 없다. 영어 점수가 낮은 게 아니라 아예 점수 자체가 없다. 문학동네에 입사할 때부터이랬다. 물론 남들 다 부지런히 하는 영어 공부를 안 한게 자랑이라는 건 아니다. 실제로 입사 후에 어느 정도까지는 영어를 구사해야 한다는 필요성을 느껴서 영어 공부를 독하게 했다. 물론 많은 이들이 한평생 목매는 영어라는 놈은 나보다 더 지독했기에, 지금도 영어는 근근이 읽어 낼 뿐이고 공부는 계속되고 있다…….

그러나 문학동네 국내팀 소속으로 일하는 내내 해외 논픽션이나 에세이 기획과 편집에 덤벼드는 데 별로 겁이 없었다. 처음 만나는 사람들은 내 명함에 있는 종잡을 수 없는 국적의 작가들과 다종다양한 장르가 뒤섞인 혼돈의 편집 리스트를 보면서 갸우뚱거리기도 하는데, 그때마다 나는 '국내 사람이 만들어서 국내팀일 뿐이다'라는 '드립'을 친다. 실제로 그렇다. 내 소속팀의 이름은 그저 이름일 뿐, 내가 못할 책이란, 내 작가가 되지 못할 분이란 세상에 없다.

영어권뿐 아니라 어느 언어권의 책이든 외국어 문제는 나보다 더 잘하는 사람에게 도움을 받으면 된다. 흔히 우리 업계에서 '번역가에게 외국어 실력보다 더 중요한 건 한국어 실력'이라는 말을 많이 한다. 이건 편집의 영역에서도 마찬가지다. 외국어를 잘 못해도 한국 독자들에게 가닿을 한 곳이 있는가 없는가를 발견해 낼 능력이 있으면 되는 것이다.

스베틀라나 알렉시예비치의 『전쟁은 여자의 얼굴을 하지 않았다』는 외국어 못하는 편집자의 이런 '겁대가리 없음'이 만들어 낸 훈장 같은 책이다. 어느 날 신문에서 실제 사람들을 인터뷰한 논픽션인데 동시에 소설이기도 한 책이 있다는 기사를 읽었다. '논픽션-픽션'이라니 이게 뭔 말인가 싶었다. 국적도 생소한 벨라루스의 알렉시예비치라는 작가가 체르노빌 원전 사고나 제2차 세계대전 등의 대재앙을 겪은 이들을 수백 명 인터뷰하고 그들의 목소리를 받아 적었는데, 그 결과물이 소설보다 더 소설 같은 강렬한 문학작품으로 읽힌다는 것이다.

알렉시예비치에 대한 이 설명을 보고 두 가지 이유에서 나는 그냥 지나칠 수 없었다. 우선 한국에서는 잘 안 팔리지만 내가 특별한 애정을 갖고 있는 장르인 인터뷰집과 르포의 성격을 한 권에 품은 책이라는 것, 게다가 이 작품이 문학성을 인정받고 있다는 것. 인터뷰집이자 르포이자 에세이이자 소설이 된 이 작품이 궁금해 견딜 수가 없었다.

찾아보니 같은 저자의 『체르노빌의 목소리』라는 책이 한국에 번역되어 있었다. 과연, 그는 새로운 장르를 창조한 작가였다. 어떤 인물이나 장면도 실제가 아닌 것이 없었으나, 완벽한 서사를 갖춘 소설을 읽는 것처럼 내내 두근거렸고, 인물들의 말은 소설 속 명대사처럼 잔상을 남겼다. 이런 작가를 내가 왜 여태 몰랐을까? 혹시 원전 사고보다 한국 독자들에게 좀더 피부에 와닿는 주제의 책은 없을까? 그렇게 찾아보다가 발견한 책이 여성들이 겪은 전쟁을 담은 책 『전쟁은 여자의 얼굴을 하지 않았다』였다.

전작이 좋았다고 해서 다른 책도 무조건 좋으리란 법은 없기에, 원서를 받고 매우 꼼꼼하다는 번역가 선생님께 검토를 맡겼다. 그런데 며칠도 안 돼 대뜸 전화가 걸려 왔다. 원고에 문제가 있는 걸까 긴장된 마음으로 전화를 받았는데, 엄청나게 흥분한 선생님의 목소리가 들려왔다. 어떻게 이런 걸작이 아직까지 한국에 번역되지 않았는지 모르겠다고, 너무나 압도적인 작품이라 마음이 아픈 것을 넘어 몸에 통증이 올 정도이니, 이 작품은 꼭 번역되어야만 한다고. 그렇게 되게끔 좋은 문장으로 옮기겠다고. 나도 좋은 작품을 만나면 수시로 흥분하고 열변을 토하기 일쑤이지만, 그때 걸려 온 전화 속 음성은 잊을 수가 없다. 이렇듯 세상 어딘가엔 분명히 있다. 나의 막연한 감과 호기심을 확신으로 바꿔 주는 사람들, 내가 못 읽는 언어, 내가 완전하게 할 수 없는 부분까지 채워 주는 사람들이.

알렉시예비치는 출간 직후인 2015년 기적처럼 노벨문학상을 받았다. 한국에서 거의 알려지지 않은 작가인 데다 문학동네에서 책이 나오고 얼마 지나지 않아 노벨문학상을 받자, 한때 대형 출판사가 노벨문학상 수상을 예감하고 거액을 주고 판권을 후다닥 사들였다는 애기가 나돌기도 했다. 그렇게 믿고 싶은 사람들도 있겠지만, 『전쟁은 여자의 얼굴을 하지 않았다』를 읽어 본 사람들은 이 책이 그렇게 '후다닥' 만들어질 수 있는 성격의 책이 아니라는 사실을 알 것이다.

이 책은 번역과 편집에만 약 2년의 시간이 소요되었고, 로열티는 한국 독자들에게 그다지 친숙하지 않은 외국 작가의 책 계약금과 비슷한 일반적인 수준이었다. 물론 2015년 노벨문학상 수상자 발표 날, 언론에서 알렉시예비치가 유력한 후보에 있다기에 나도 이른바 '노벨문학상 대기조'로 크림빵을 뜯어먹으면서 야근을 하고 있었다. 그러나 내가 최근에 기획하고 편집한 책이 노벨문학상을 탈 줄은 정말 몰랐다. 알 수 없는 외국어 사이로 '스베틀라나 알렉시예비치'라는 이름이 정확하게 꽂힌 순간, 너무 놀란 나머지 벌떡 일어서며 "어이쿠, ××"이라고 걸쭉한 탄성을 내뱉었다. 내가 얼마나 수상을 예측하지 못했느냐면, 노벨문학상 발표 바로 다음날, 나는 한국에 없을 예정이었다....... 프랑크푸르트 도서전으로 떠나는 비행기를 타기로 되어 있었기 때문이다.

초판 2천 부를 찍고서, 내용도, 볼륨도 묵직한 이 책을 과연 한국에서 증쇄할 수 있을까 노심초사했다. 그러나 노벨문학상 발표와 함께 『전쟁은 여자의 얼굴을 하지 않았다』는 스스로 자신의 힘을 증명했다. 다음날 출국할 짐조차 하나도 못 쌌지만, 난생 처음 노벨문학상 띠지를 만들고 1쇄 오자를 찾아내느라 눈에 불을 켜고 다시 책을 들여다보던 그 밤은 얼떨떨하고, 행복하고, 기적 같았다.

출판인으로서 나의 꿈 중 하나는 훗날 한국의 에세이와 논픽션을 대상으로 권위와 상금 면에서 압도적인 상을 만드는 것이다. 시인과 소설가는 좋은 작품을 쓴 후 내로라하는 문학상으로 칭찬받곤 하지만, 에세이에는 그런 상이 현저히 적다. 그것도 대중에게 잘 알려져 있으면서 동시에 에세이스트의 노고에 충분한 보상이 될 만한 상금을 수여하는 권위 있는 에세이 문학상은 없다고 해도 무방하다. 나는 종종 바깥에서 비문학 편집자 혹은 비소설 편집자로 불리곤 하는데, 나는 이 호칭이 별로 내키지 않는다. 아니, 실은 일종의 모욕감마저 느낀다. 에세이가 왜 문학이 아니란 말인가? 시와 소설이라는 완결된 형식 너머의 수많은 자유로운 산문은 결코 문학이 될 수 없단 말인가? 에세이와 논픽션이 고등학교 문제집에서 분류하는 것처럼 '비문학'이 아니라 문학 이상의 문학이 될 수 있다는 것을, 알렉시예비치라는 대작가는 내게 선물처럼 증명해 주었다.

종종 내가 덤벼들 만한 해외 에세이와 논픽션을 찾아보고 있노라면, 내가 목말라하는 것을 시원하게 해소해 주는 책을 만난다. 물론 나는 아직까지 외서보다는 국내서 기획과 편집의 비중이 훨씬 높은 편집자이지만, 회사로 들어오는 에이전시 레터를 빼놓지 않고 읽어 보려 노력한다. 물론 나와 맞지 않는 책도 많고, 내 관심 분야가 전혀 아닌 책도 있지만, 세계 각국에서 출판된 책이 국경을 넘어 내 눈에 띄기까지의 과정을 생각하면, '여기 올라온 책은 어떤 면에서든 본국에서 한가락 한 책이다'라는 생각과 함께 새삼 존경심이 드는 것이다.

그래서 나는 에이전시 레터나 저작권팀에서 소개하는 외서를 살펴보면서 인상적인 제목이나 콘셉트 등을 메모하곤 한다. '세상에 이런 책이!' 하는 감탄이 절로 나오는 듣도 보도 못한 신기한 에세이와 별난 작가가 세상엔 참 많다. 에이전시에서 소개하는 책은 세계 출판인들의 책 시장에서 활발하게 거래되고 있는 펄떡이는 책이다. 머리가 뻑뻑하고 사는 게 별로일 때 시장 구경 가는 것처럼, 나는 책 만드는 일이 어려울 때마다 자주 에이전시 레터를 뒤적이고 '아마존'을 탐험하면서 내가 만들고 싶은 책과의 접점을 찾고 매력적인 조각들을 기록해 둔다.

　　문제는 언어가 아니다. 결국 어떤 책을 만들고 싶어
하느냐이다.

나는 예술가보다 생활인이 좋아요

생활의 달인들을 작가로 만들기

나와 한 팀에서 일했던 원보름 편집자는 검색과 구독의 달인이다. 그는 월급을 털어서 항시 무언가를 다량 구독 중인 상태고, 어디선가 누군가에게 신박한 콘텐츠 소식이 들릴라치면, 이미 그 사실을 인지하고 책이 될 만한지 탐색 중이다. 어느 날 그가 이런 말을 했다.

"팀장님, 저는 예술가보다 생활인이 좋아요!"

나는 허리를 접고 웃었다.

에세이 편집자는 '예술가 되기'에 별 관심도 동경도 없고, 딱히 예술가가 될 필요성도 느끼지 못하는 생활의 달인들을 책의 세계로 끌어들이는 역할을 한다. 에세이 편집자의 신선한 기획거리는 서점에 이미 나와 있는 완전한 도서 너머에 있을 때가 많다. 신문과 잡지, SNS, TV 뉴스나 다큐멘터리, 인터뷰, 쪽글에서 자신의 일과 삶을 예술처럼 꾸려가는 생활인과 직업인을 볼 때 나는 심장이 뛴다.

우리는 일상과 생활이 이미 예술인 사람들, 예술가 이전의 예술가를 발견해 작가가 되어 보자고 유혹한다. 자신은 작가나 예술가가 될 깜냥이 아니라고, 그저 먹고 살다 보니까 이렇게 됐다고 말하는 사람, 자신이 얼마나 아름답고 대단한지 잘 모르는 사람, 그러나 곁에서 조금만 대화해 보면 내게 들려주는 이야기를 모조리 주머니에 주워 담아 간직하고픈 사람, 나는 이런 사람들을 붙들어 내 작가로 만들고 싶다.

초보 기획자 시절, 첫눈에 반한 사람이 있다. 삼성에서 '열정락서'라는 강연콘서트를 열던 때의 일이다. 일부러 그 자리를 찾아간 것은 아니었고, 나의 다른 저자가 연사로 나서서 응원하러 간 참이었다. 쟁쟁한 연사들이 연달아 무대에 서기에, 역시 대기업이 기획한 강연의 스케일이란 대단하구나 감탄하고 있는데, 그 열기가 가시기도 전에 사회자가 돌연 전에는 한 번도 들어 보지 못한 연사를 불러냈다. 그리고 그가 무대에 올라온 순간, 나를 포함한 청중은 순식간에 잠잠해졌다.

어린아이처럼 작은 신장에 굽은 다리의 여성이 그 거대한 무대의 스포트라이트 조명 속으로 천천히 걸어 들어오고 있었다. 삼성테크윈 인사팀에서 일하는 이지영 님이었는데, 그는 선천적 희귀 질환으로 신장이 110센티미터에서 더 자라지 않았고, 척추와 다리가 휘어 수차례의 수술을 받았다고 했다(현재는 한화에어로스페이스에 재직 중이다). 전혀 주눅 들지 않고, 그 어떤 자기연민이나 신화화도 없이 자신의 오랜 고통과 그럼에도 불구하고 계속 살아가기 위한 '시도'의 과정들을 털어놓는 그에게 청중은 완전히 압도당하고 있었다. 나는 그가 작가가 될 것임을 알았다.

다음날 곧장 삼성으로 연락했지만, 그의 강연이 화제가 되면서 여러 출판사가 문을 두드리고 있는 상태였고 그는 신중했다. 미팅을 청했지만 아무것도 결정할 수 없는 상태에서 섣부른 만남은 할 수 없다는 단호한 답이 돌아왔다. 한 번만 더 그를 만날 순 없을까. 그의 이야기를 한 번만 더, 조금만 더 들을 수 있다면.

하릴없이 그에 대한 기사와 정보를 검색하는 수밖에 없었던 그때, 그가 '열정락서' 부산 콘서트에서 다시 무대에 선다는 뉴스를 보았다. 곧장 KTX 표를 예매했다. 그리고 그에게 그저 당신의 이야기를 한 번만 더 들고 싶어 청중으로 가지만, 행사 전후에 혹시라도 아주 잠시만 시간을 내 주신다면 인사드리고 싶다고 넌지시 귀띔했다. 부산까지 내처 달려와 그의 이야기에 대한 애정을 어필하는 나에게 결국 그는 자신의 귀한 원고를 주었다. 난쟁이, E.T., 외계인 등으로 놀림받던 한 아이가 작은 몸으로, 그러나 누구보다 대범한 마음으로 이 세상과 사회를 상대하고 또 끌어안는 이지영 작가님의 책 『불편하지만 불가능은 아니다』를 나는 지금도 사랑하고, 자랑한다.

사실 생활인들의 책은 덥석 맡기엔 어려운 난관이 있게 마련이다. 우리가 그들을 발견했을 때는 대개 이야기는 있지만 원고는 없는 상태이며, 완고를 만들어가는 과정은 험난할 때가 많다.

세월호 유가족들이 노래하는 416합창단의 『노래를 불러서 네가 온다면』은 문학동네 투고함에 꽂힌 박미리 지휘자님의 정중한 편지에서 시작되었다. 416합창단이 만들어진 이유와 그간의 활동 내역과 함께, 책과 노래가 담긴 CD를 같이 만들고 싶다는 계획이 단정하게 적혀 있었다. 그러나 일정이 촉박했고, 아직 녹음도 집필도 본격적으로 착수하지 않은 상태였다. 세월호 6주기인 4월을 불과 몇 개월 앞둔 시점이었다.

그러나 나는 가 보기로 했다.

영상 속에서 416합창단이 노래하는 모습과 세월호 유가족 단원들이 416합창단에 대해 각자 짤막하게 써 내려간 답변은, 내게 예술 이상의 예술이었다. 굳이 보태고 드라마틱하게 구성하고 꾸미고 가공할 필요도 없었다. 스스로를 '야전 합창단'이라 표현할 정도로 우리 사회의 아픈 현장마다 부리나케 찾아가 공연하고 연대했던 합창단의 발자취와 공연 후기, 현장 발언을 정리했더니, 고스란히 세월호 이후 한국의 재난과 참사의 역사가 되었다.

당초에는 본문 100쪽을 충실하게 채우자는 것이 목표였지만, 일단 달려들었더니 책이 되어야 할 이야기가 차고 넘쳐서 본문이 300쪽 이상으로 늘어났다. 일정이 촉박한데 가능할까, 좋은 책이 될 수 있을까 싶었던 처음의 염려는 책 만드는 과정에서 모두 날아갔다.

단원고 2학년 4반 고 김동혁 군의 아버지는 세월호 유가족도 이전에는 평범한 엄마 아빠였을 뿐이라고 말씀하신 적이 있다. 그저 아이들이 아프지 않고 건강하게 학교 잘 다니고, 저녁에 식구끼리 모여앉아 밥 먹으면 그것이 행복인 줄 알았던, 나와 당신과 전혀 다르지 않은 사람들. 그랬던 분들이 세월호 참사를 겪은 이후, 생활인에서 활동가가 되었고 투사가 되었고 또 노래하고 문장을 쓰는 예술가가 되었다. 저절로 그렇게 되었다. 그 모든 것이 되어 버렸다.

혹시 주성치 영화를 본 적이 있는가? 나는 지금도 종종 일에 지칠 때마다 주성치 영화를 보면서 낄낄 웃고 환호성을 지른다. 그의 영화 속에는 자신이 고수인 줄도 모르고 살아가는 생활인들이 잔뜩 있다. 사장에게 매일 혼나며 만두를 빚어 파는 여인은 태극권으로 밀가루를 다스리며 환상적인 만두피를 만들고, 양복점 아저씨는 사실 쿵푸 고수다.

주성치 세계의 거리에선 쟁반을 손도 대지 않고 머리에 인 채 배달하는 밥집 아주머니와 앞을 쳐다보지도 않고 물건을 던져 정확하게 정리하는 아저씨들이 곳곳에서 아무렇지 않게 밥벌이를 한다. 맨날 화내면서 세금과 임대료를 걷으러 다니는 파마머리 아줌마는 '사자후'를 토할 줄 아는 전사고, 메리야스 입은 복부 비만 아저씨는 자신보다 약한 아이와 서민을 구하려고 목숨을 거는 히어로다. 전혀 우아하지도, 잘생기지도 않았고, 화면 너머로만 봐도 땀 냄새·발 냄새·머릿내 풍길 것 같은 이 평범한 생활인들이 주성치 영화에서는 최고의 무림고수이자 영웅이다.

에세이 편집자의 작가는 도심의 카페와 집필실, 교수 연구실에서만 만날 수 있는 게 아니다. 거리에, 출근길 만원 버스와 전철에, 시장에, 가게에, 정신없이 돌아가는 회사에, 이름도 몰랐던 시골 마을에, 세상 방방곡곡 예상치 못한 곳에서 일하며 생활하고 있다. 메일함에 꽂히는 완전 원고 너머의 세계에도, 우리가 그토록 찾아 헤매는 단 하나의 이야기가 숨어 있다. 이걸 어떻게 책으로 만들어야 하나, 조금은 막막하기도 하고 내 힘과 노력과 용기를 조금 더 쏟아야 하는 곳에서, 아름다운 이야기는 툭툭 튀어나온다.

아직 원고를 써 본 일은 없지만 이미 삶 자체가 책보다 아름다운 사람, 예술가가 되기 전의 생활인, 자기 자신의 업과 삶에 그 어떤 허영이나 자만도 없이 하루하루를 묵묵히 쌓아 저절로 대가나 달인이 된 사람, 생생한 삶의 현장 속에 숨은그림찾기처럼 박혀 있는 예술적인 생활인…… 그런 이들의 울퉁불퉁하고 유일한 이야기를 찾아서, 나는 오늘도 책 밖의 세상을 기웃거린다.

에세이 편집자의 사명 중 하나는 우리 곁의 생활예술인을 발굴하는 것이다. 책 쓸 생각이 전혀 없었던 생활인과 다른 장르의 예술가까지 책의 세계로 슬쩍 유혹해서 멋진 에세이스트로도 살아가게 하는 이 일은, 그

무엇과도 바꿀 수 없는 에세이 편집자만의 행복이자 즐거움이다.

에세이를 만들면서 이런 놀라운 사람, 삶과 생활과 사회 속에서 저절로 작가가 되는 사람을 만나고 책으로 만들려면 때론 '괜찮을까?' '되겠어?' 하는 의심을 내려놓고 일단 달려들어 보는 게 필요하다. 편집자로서 몸 사리지 말자는 것이다. 다른 사람이 쉽사리 안 하려는 책, 고생길이 훤한 책이라도, 어떤 사람과 삶이 소중하다면, 애틋하고 유일하다면, 일단 끌어안고 같이 헤쳐 나가 보자.

{ 14 }

작가들과 잘 놀기, 그들의 말 기억하기

그리고 내상을 다스리는 법에 대하여

어떤 이는 작가는 책 속에서만 만나는 게 좋다고 말한다. 책은 그 작가가 만들어 내는 가장 훌륭하고 아름다운 결정체이기에, 직접 사람을 만나면 실망하기 쉽다는 것이다. 나는 이 말에 동의하지 않는다. 내가 좋아하는 문장을 쓴, 책 바깥의 작가를 만나 밥 먹고 대화하고 함께 일하는 것은 편집 일의 큰 재미와 축복이다.

편집자의 특권이자 재능은 작가와 잘 노는 것이다. 작가와 수다를 떨고 그들의 고민을 듣고, 그들이 좋은 작품의 싹이 되는 생각이 떠올렸을 때 그들의 눈이 빛나는 것을 포착한다. 특히 에세이는 그렇게 같이 놀고 떠들다가 다음 책이 탄생하는 경우가 많다. 작가들이 지난

날의 무용담이든 실패담이든 리즈 시절이든 과거의 이야기를 내게 신이 나서 들려줄 때, 나는 어떤 대목에서 이건 나만 듣기엔 너무 아깝다는 것을 깨닫는다. 그리고 불쑥 끼어든다.

"어? 잠깐. 이 얘기는……, 너무 재밌잖아요?"

나의 작가들은 가끔 입으로도 아무렇지 않게 훌륭한 문장을 쓴다. 나는 그들이 식당에서, 카페에서, 또 내 휴대전화 저쪽에서 무심히 흘려 놓는 그 아름다운 말과 문장을 호주머니에 다 주워 담고 싶다. 그들은 이메일로, 카톡으로 '나만 아는 작가의 말'을 무수히 들려주고 나는 그것을 차곡차곡 쟁여 둔다.

이슬아 작가님을 처음 만났던 조촐한 술자리에서 만취해서 '내 그림을 그려달라'고 앙탈을 부리던 편집자가 있었다. 이슬아 작가님은 주변에 노트나 백지 한 장도 없는 와중에 누런 종이봉투에다 그림을 그려 주었다. 벌거벗은 여성이 잔잔한 미소를 띠고 여기저기 방바닥에 책을 늘어놓고 읽는 그림이었다. 나는 취해서 벌게진 얼굴로 깔깔깔 웃으며 "근데 왜 옷을 다 벗고 있어요?"라고 물었다. 이슬아 작가님은 자신이 예전에 누드 모델로 일한 적이 있어서 사람의 몸에 관심이 많다고 담담하게 말했다. 만취해서 흐물거리던 편집자는 정신이 번쩍 들었다. 이슬아 작가님이 그간 해 왔던 노동의 역사와 엄마 이야기를 담은 책 『나는 울 때마다 엄마 얼굴이 된다』의 서막이 열리던 날이었다. 지금도 사무실 내 자리 옆 벽에는 이슬아 작가님이 종이봉투에 그린 그림이 붙어 있다. '만취한 이슬아 드림'이라는 사인이 있는 그 그림을 볼 때마다 나는 취했을 때 무심히 만들어 내는 작은 작품에조차 작가는 자신의 기억과 인장을 담는구나, 생각한다. 지금도 나는 일할 때마다 자주 고개를 돌려 그림 속 벌거벗은 여자의 까만 눈을 들여다본다.

반드시 책이나 글로 연결되지 않을지라도, 작가들과 함께 흘려보낸 그냥 좋은 순간들은 또 얼마나 많은가. 『여자로 살아가는 우리들에게』를 셋이 함께 전투적으로 완성하고 나서 요조·임경선 작가님과 출간 후 첫 행사를 겸해 마치 우리들만의 MT처럼 부산에 내려가서 놀았던 1박 2일의 기억. 임경선 작가님이 예약한 끝내주는 호텔에서 내려다보던 그 푸른 바다와 그간 고생한 우리 스스로에게 넉넉하게 베풀어 주고 싶어서 함께 먹었던 호화로운 호텔 조식의 맛.

『걷는 사람, 하정우』 출간 준비 차 미팅할 때마다 하정우 작가님이 "오늘은 뭘 먹어 볼까요~?" 노래하듯 싱글거리고, 매번 온갖 맛있는 간식을 함께 나눠 먹던 순간. 세상에서 제일 맛있는 걸 먹는 사람처럼 샌드위치 속 양상추를 아삭아삭 씹던 하정우 작가님의 건강함을 마주하고 있으면, 내 마음도 절로 싱싱해지고 유쾌해지던 날들.

김용택 선생님이 어느 날 아무 용건 없이 '그냥' 전화하셔서 "연실아, 나 통닭 먹는다! 헤헤~~!" 하고 아이처럼 웃으셨을 때, 순간 닭 날개라도 달고 날아가서, 선생님과 섬진강 옆 고즈넉한 마루에 앉아 닭고기를 뜯어 먹고 싶어지던 어느 저녁의 기억.

김이나 작가님과 '덕심'으로 일하는 사람들끼리 새벽까지 시간 가는 줄 모르고 떨었던 수다, 그리고 최고의 아티스트들과 일하는 법에 대해 작가님이 들려주던 잊지 못할 조언들.

스베틀라나 알렉시예비치 작가님이 방한하셨을 때, 기념사진 스폿인 광화문 이순신 동상을 멀리 배경으로 걸고 사진을 찍어 드리려 했지만, 근처에 세월호 유가족분들이 계신 모습을 보고는 아무리 거리가 떨어져 있어도 그분들 곁에서 기념사진을 찍진 않겠다고 하셨을 때 느낀 뭉클함. 언어를 초월해 진심이 느껴지던, 슬픔을 배경으로 두고 자신을 내세우는 그 어떤 행동도 하지 않겠다는 거장의 마음.

416합창단의 『노래를 불러서 네가 온다면』이 출간된 날, 합창단원들이 나를 무대에 올리고 다 같이 「사랑합니다」를 불러 주셨을 때 자꾸만 쏟아지던 눈물.

지금까지도 '폴더폰'을 쓰고 컴퓨터는 전혀 만지지 않으시는 김훈 선생님이 문득 심각하게 전화를 거셔서 내게 던지셨던 질문. 세로로 찍은 점 두 개 옆에 초승달이 떠 있는 문자 메시지가 왔는데 이게 무슨 뜻이냐는 질문에, 그것은 '웃음 :)' 표시라고, 누군가가 선생님을 향해 미소 짓는 거라고 답할 때 내 마음에도 슬쩍 번지던 웃음.

내 마음속에는 이렇게 나의 작가들이 아무렇지 않게 말로 흘려보내는 일상의 명문장이 간직되어 있고, 여러 분야의 작가와 함께 시간을 보내며 울고 웃었던 순간이 일렁거린다.

물론 깊이 사랑하는 만큼 상처도 입는다. 올해는 유난히 여러 일로 내상이 깊어서 자주 누워야 했다. 상처 입는 것은 작가와 직접 만나고 대화하며 일하는 편집자의 숙명이다. 그리고 나 역시 그 시간 동안 어떤 분들께 상처를 입혔을 것이다.

그렇게 누워 있던 어느 날, 소설가 김언수 작가님이

내게 불쑥 이런 얘기를 들려주었다.

"음…… 연실아, 작가들은 그렇게 멋지거나 예의 바른 인간들이 아니다. 오히려 정반대지. 예술가란 기본적으로 절망적인 상태에 빠진 사람들이거든. 다른 사람들이 '어떻게 가족을 먹여살리지' 같은 현실적이고 균형 잡힌 고민을 할 때 '인간이란 무엇인가. 삶이란 대체 뭘까' 따위의 뜬구름 잡는 고민을 하는 이기적이고 철없는 인간들이기도 해.

어쩌면 작가는 자기만의 '부루마불' 한 판에 몰두하는 집념과 광기의 플레이어들인지도 몰라. 부루마불은 이 세계와 꼭 닮았지만, 결단코 이 세계와 인생의 전부가 아니지. 그러나, 그럼에도 불구하고, 부루마불이 자기 세계의 전부라고 생각하지 않는 자는 영영 부루마불을 이해할 수가 없다! 결코 잘할 수도 없고. 바로 이것이 작가의 순수함이자 한계이자, 장점인 거야.

작가는 이 대책 없고 답도 없는 부루마불을 끝까지 해 보기로 한 콜럼버스 같은 외골수에 무데뽀들이고, 편집자는 그런 사람들에게 등대와 연료와 식량과 물, 나침반과 업데이트된 지도를 주는 사람이지. 그러다 보면 웃기게도, 이 말도 안 되는 철부지들이 가끔 막 굉장한 짓도 하고 그런다?!

나에게는 문학동네 염현숙 대표가 그런 편집자였어. 소설이 안 써질 때마다 전화해서 하소연하고, 사네 못 사네 지금 생각해 보면 참 낯 뜨거운 짓도 많이 했는데, 그때마다 따뜻한 격려도 해 주고, 뭐가 될지 모르는 내 소설을 믿고 계약해 주고, 더불어 무시무시한 마감 협박도 절대 잊지 않고, 이따금 '이 소설은 확실히 구려요'라든가 '글쎄요. 소설이 그 방향으로 가면 어쩐지 임진왜란 될 것 같은데?' 같은 냉정하고 정직한 평가도 해 주고. 나는 그 사람 덕분에 그나마 소설에 균형과 방향을 잡고, 아직까지 퍼지지 않고 계속해서 소설을 쓰고 있어.

연실아, 편집자가 작가를 너무 아끼다 보면 이토록 훌륭한 작품을 쓰는 사람이 어떻게 세상과 인간과 편집자의 마음을 이렇게 몰라주나, 하는 생각이 들기도 하겠지. 사람들은 예술가에게 대단한 기대를 해. 이런 훌륭한 작품을 쓰는 분은 인생을 제대로 알겠지, 지혜와 인품이 있겠지. 지혜와 인품은 개뿔! 작가라는 것들은 집 안에 쓰레기봉투가 어디 처박혀 있는지도 모르는 사람들이야. 그러니 작가들은 지도를 가지고 있는 지혜로운 현자가 아니라 '길을 잃고 헤매는 자들', 아직은 아무것도 모르는 햇병아리 검투사로 봐 주면 딱 적당한 포지션이야. 그들은 자신도 전혀 알지 못하는 어둠과 무작정

싸워야 하는 사람들이지. 그들은 어리고, 두렵고, 괴롭고, 끝없이 지난 삶을 후회해.

작가에게 많은 걸 요구하거나 작품 외에 너무 큰 기대를 걸지 마. 잘하려면 미쳐야 되고, 미친 사람들은 작아. 협소하고 편협해. 하지만 그렇게 좁기에 깊이, 아주 깊숙이 내려갈 수 있는 거지. 그리고 편집자는 이 미친 자들에게 약간의 안쓰러움과 드넓은 애정을 품고서 그 좁지만 끝 모를 깊은 세계에 넓이를 확보해 주는 사람이야. 괜찮으니 계속 부루마불을 해 보라고 새 판을 깔아주고 사람들을 불러 모으는 사람.

스티븐 킹의 『유혹하는 글쓰기』에는 이런 멋진 말이 있지.

'편집자는 언제나 옳다!'

나는 스티븐 킹이 세계적인 작가가 된 이유가 그가 작가의 정확한 꼬라지와 이 비밀을 알기 때문이라고 생각해. 그래서 나도 책을 낼 때는 언제나 이런 마음가짐으로 임해.

나는 친구에게 버림받을 수 있다.

가장 가까운 사람들에게도 얼마든지 버림받을 수 있다.

하지만 작가가 편집자에게 버림받으면 끝장이다!"

김언수 작가님이 들려준 이 농담 같은 진실이, 나의 어떤 부분을 낫게 했고 웃게 했다. 이제 나는 작가들의 자그마한 부분에 쉽게 다치지 않으며, 너무 무거운 기대감도 기다림도 갖지 않는 채로, 더 재밌고 새로운 부루마불을 할 수 있을 것 같다. 감사하게도 내게 허락된 지금 이 순간의 놀라운 부루마불 한 판을 순수하게 즐기고 사랑할 수 있다.

내가 열렬하게 좋아하고 잘해 낼 수 있는 이야기만 책으로 만든다. 그 모든 실패와 실망에도 불구하고 살아가며 사랑하며, 나는 결국 작가의 삶과 생활을 책으로 만드는 이 일을 계속할 것이다.

'잡문' 편집자의 각오

나는 지금 인쇄소에서 글을 쓰고 있다.

인쇄소에 가면 증기기관차 같기도 하고, 또 어린 시절 내 책상에 있었던 하이샤파 연필깎기 같기도 하고, 또 마징가Z 로봇처럼도 보이는 거대한 인쇄기 옆구리에 잠시 손을 얹어 본다. 기장님과 디자이너에게 딴짓하는 게 들키지 않을 만큼의 찰나의 시간 동안 나는 눈을 감고 기도한다.

"2쇄 빨리 찍어서 인쇄소로 우리 책이 금방 돌아올 수 있게 해 주세요! 작가님이 깜짝 놀랄 만큼 증쇄하게 해 주세요."

그러나 이번엔, 이렇게까지 빨리 돌아올 필요는 없

었는데.

희한하게도 에세이 편집자로서 내가 일하는 법을
담은 이 원고를 쓰는 동안 내게 유례없는 일들이 많이
일어났다. 멀쩡하게 작업 중이었거나 기대하던 원고들
이 거짓말처럼 줄줄이 엎어졌다. 원고도 다 때가 있고
인연이 있어서 이럴 때도 있다는 주변 사람들의 말도 위
로가 되지 않았다. 퇴근하면 심장이 빨리 뛰고 가슴이
화끈거렸다. 가슴을 툭툭 두드리다가 가만 엎드려야만
잠들 수 있었다.

마음이 아픈 건 아닌 척할 수가 있는데, 몸이 아픈
건 숨길 수가 없었다. 의사 선생님은 내게 대체 무슨 일
을 하기에, 젊은 사람이 몸이 이 모양이냐고 화내듯이
말했다. 일도 나 자신도 무엇 하나 지키지 못하고 망가
져 버린 것 같은 느낌이 들었다.

내게 아름답고 화려한 문장이 아니라 정확하고 그
럴 법한 문장에 대해 알려 주신 나의 은사님, 책과 문학
에 대해 내 안에 그 어떤 허영과 오만도 자리잡지 않게
끔 가르쳐 주신 조해일 선생님을 찾았을 때, 선생님은
의식이 없는 상태였다. 선생님이 잘했다 칭찬해 주실 만

한 세월호 유가족들의 책을 만들고 있었는데, 그 책을 직접 드리고 책 만든 이야기도 들려드리고 싶었는데, 선생님은 다시 눈뜨지 못하고 먼 곳으로 가셨다. 선생님이 병원에 입원하러 갈 때 입으셨다는 마지막 사복인 재킷 앞주머니에 노란 세월호 배지가 달려 있었다. 나는 다시, 가슴을 쳤다.

그러다 급기야 다 만든 책 5천 부를 폐기하고 다시 제작해야 하는 편집자 인생 최악의 사고가 터졌다. 5천 부 재제작을 하기로 결정된 날은 너무나 정신없고 바쁘기도 했지만 통 점심밥이 넘어가질 않았다. 점심시간 내내 다급하게 디자이너와 마케터에게 메신저와 전화가 걸려 왔다. 내가 잘못하면 마케터, 디자이너, 우리 모두 다 밥을 못 먹는구나, 싶었다. 비유적인 의미에서가 아니라, 진짜로 밥을 못 먹는구나. 그리고 이어서 든 생각은, '아, 여기까지인가'였다. 이젠 진짜로 여기까지만 하라고, 그동안 수고했다고 모든 것이 내게 인사를 건네는 기분이 들었다.

폭풍 같은 시간이 지나가고, 이렇게 다시 인쇄소에 와 있다. 본문 전全 대수 인쇄 감리를 보는 건 오랜만이다. 8년 전쯤 난생 처음 초판 5만 부를 찍는 책을 인쇄기에 걸면서, 혹시 뭐라도 잘못될까 봐 팔다리가 덜덜 떨려서 새벽까지 담요를 끌어안고 인쇄 감리를 봤던 날이 있었다. 그리고 책 재제작을 하는 오늘 다시 전 대수 인쇄 감리를 본다.

편집자에겐 '실수'라는 말이 허용되지 않는다. 책 편집과 제작 과정에서 바로잡지 못한 편집자의 실수는 곧장 '사고'로 이어진다. 이제 15년째 일하는데도 전혀 생각지 못한 곳에서 '사고'는 불쑥불쑥 터지고, 책의 영광도 사고도 모두 책임 편집자에게로 돌아온다.

책의 운명을 책임지는 이 일이 좋아서, 나는 지치지도 않고 일했다.

오늘은 본문 한 대수를 인쇄기에 걸 때마다 인쇄기 옆구리에 매번 손을 얹어 기도한다. 열 시간 가까이 인쇄기 돌아가는 소리를 듣고 있으니, 처음엔 울 것 같았는데 이상하게 웃음이 난다. 인쇄소 대기실 냉장고에서 미에로화이바 한 병을 꺼내 꿀꺽꿀꺽 마시는 이 순간을 좋아하고, 기장님이 벌컥 문을 열고서 내 책이 걸렸다고 나를 부르는 순간을 좋아한다. 가만히 귀 기울여 들어보면 인쇄기는 기계음 속에서 명랑하게 노래를 부르고 있다. 나도 모르게 인쇄기에서 흘러나오는 노래를 흥얼흥얼 콧노래로 따라 부른다.

예전에 컬럼비아대학교 출판부의 수석 북디자이너

인 이창재 선생님의 강의를 들으러 간 적이 있다. 그 자리에서 누군가 '혹시 이 일을 그만두고 싶거나 다른 일을 해 보고 싶다는 생각을 한 적은 없느냐'는 질문을 던졌다. 저렇게 거의 장인의 경지에 오른 출판인이라면 '이 일을 그만둔다는 생각은 단 한순간도 해 본 적 없다'고 답할 줄 알았는데, 이창재 선생님은 '엄청 많았다'고 말했다. 그런데 이 책까지만 하고 그만둬야지, 굳게 마음먹고 나면 어느새 다음 책이 맡겨졌고, 그 다음 책이 너무나 재밌어 보여서, '어? 그럼 저 책까지만 해 볼까?' 싶어 한 권 한 권 이번 책을 책임지고 다음 책에 설레면서 일했더니 어느덧 그토록 많은 시간이 쌓였다는 것이다.

나는 꽤 자주 편집 일이 어려웠고 여기까지인가보다, 생각하곤 했다. 하지만 이내 어려운 일은 어떻게든 해결되었고, 내게 맡겨진 다음 책들이 미치게 재밌어 보여서 멈출 수가 없었다. 이제는 안다. 그 어떤 일이 벌어져도 결국 나는 이번 책을 마감하고 다음 책을 또다시 시작할 것임을. 내가 만든 책이 결국 내가 살아온 시간임을.

세상에 편집자 없는 책은 없다. 이 작은 책도 훌륭한

편집자의 도움으로 세상에 나올 수 있었다. 온갖 일이 겹쳐 몸이 축나게 일하고 몸살로 벌벌 떨고 있던 어느 날, 사공영 편집자님이 내게 건넨 말을 잊지 못한다.

"팀장님 건강도 돌봐 주세요. 이젠 팀장님이 제 저자이시잖아요."

수없이 마감을 어기고, 도저히 낯짝을 들지 못할 지경에 스스로가 부끄럽고 화가 나서, "아니 저따위가 뭐 얼마나 대작을 쓰겠다고 이러는지 모르겠어요. 죄송합니다" 고개를 숙일 땐 내게 이렇게 말해 주었다.

"저에겐 이미 대작입니다."

편집자란 이런 사람들이다. 저자가 자학하고 작아질 때 끝까지 편이 되어 주는 사람. 묵묵히 기다려 주는 사람. 그러나 내가 도달해야 할 목표점과 마감을 잊지 않도록 등대가 되어 주는 사람. 그리고 그 모든 사정과 핑계를 돌파하고 끝내 책 한 권을 완성해 내고야 마는 사람. 내게 그런 편집자가 되어 준 사공영 편집자님에게 감사한다. 나 역시 내 작가의 작은 이야기들을 대작, 인생작으로 여기며 계속 에세이 편집자로 살아가고 싶다.

에세이는 흔히 '잡문'이라고 불리곤 한다. 처음엔 나의 장르를 '잡문'이라고 함부로 말하는 사람을 보면 모멸감이 느껴졌다. 그러던 어느 날 정여울 작가님이 네이버 오디오클립 '월간 정여울'에서 이렇게 말씀하시는 걸 들었다. 타인이 에세이를 '잡문'이라 부를 때는 이 장르를 가볍게 보는 편견이 들어 있을 것이나, 스스로 나의 장르를 '잡문'이라 말할 때 그것은 자기비하도, 겸손도 아닌 단단한 자신감이 된다고. '잡스럽다'는 것은 반듯하게 그어진 경계나 선 따위는 가볍게 뛰어넘어 무엇이든 될 수 있고, 무엇이든 할 수 있다는 가능성이라고.

나는 잡종 편집자다. 세상의 모든 좋은 것과 좋은 사람을 책으로 만들 수 있는 잡종 에세이 편집자이다. 앞으로도 매일 고민하고 가끔 실패하고, 종종 잘 팔면서 나는 계속 '잡문' 편집자로 살아갈 것이다.

에세이 만드는 법
: 더 많은 독자를 상상하는 편집자의 모험

2021년 3월 4일   초판 1쇄 발행
2023년 4월 14일   초판 6쇄 발행

지은이
이연실

| **펴낸이** | **펴낸곳** | **등록** |
| 조성웅 | 도서출판 유유 | 제406-2010-000032호(2010년 4월 2일) |

주소
경기도 파주시 돌곶이길 180-38, 2층 (우편번호 10881)

| **전화** | **팩스** | **홈페이지** | **전자우편** |
| 070-7731-3155 | 0303-3444-4645 | uupress.co.kr | uupress@gmail.com |

	페이스북	**트위터**	**인스타그램**
	facebook.com	twitter.com	instagram.com
	/uupress	/uu_press	/uupress

| **편집** | **디자인** | **마케팅** |
| 사공영, 백도라지 | 이기준 | 전민영 |

| **제작** | **인쇄** | **제책** | **물류** |
| 제이오 | (주)민언프린텍 | 다온바인텍 | 책과일터 |

ISBN 979-11-89683-84-9 04810
     979-11-85152-36-3 (세트)

문학책 만드는 법
원고가 작품이 될 때까지,
작가의 곁에서 독자의 눈으로
강윤정 지음

문학 편집자는 작가마다 품고 있는
'저마다 다른 세계'를 가장 먼저
엿보고, 책을 통해 그 세계를 독자에게
전한다는 공동의 목표를 향해
달리는 작가의 '러닝메이트'다. 10년
넘게 문학책을 만들어 온 편집자가
자신의 실제 업무일지를 바탕으로
러닝메이트의 일이 무엇인지, 어떤
고민과 선택의 과정을 거쳐 문학책을
만드는지 구체적으로 보여 준다.

경제경영책 만드는 법
독자의 경제생활을 돕는
지식 편집자로 살기 위하여
백지선 지음

경제경영으로 분류되는 수많은
하위 분야 책의 특징과 각각의 책을
기획하고 편집하는 방법에 대한
이야기를 다룬다. 지난 20년간
비교적 규모가 큰 종합 출판사에서
일하며 미래 전망, 소비 트렌트 예측,
부동산·주식 투자 등을 포함한 재테크,
자기계발 등 다양한 경제경영책을
기획·편집한 저자는 이 책을 통해
그간 성실히 정리해 온 시대별
경제경영책의 트렌드, 세부 분야별
시장 분석 자료, 구체적인 기획 방법
등을 제시한다. 경제경영책을 만드는
편집자는 물론, 자기 분야에서 새로운
경제경영책을 쓰고자 하는 저자, 그간
읽어 온 경제경영책의 흐름을 한눈에
파악하고자 하는 독자 모두에게
유익한 도움이 될 것이다.

실용책 만드는 법
새로운 경험을 제안하는 콘텐츠를
맛있게 요리하기 위하여
김옥현 지음

기획은 편집자가 하더라도 집필은
오롯이 저자가 해야 하는 다른 분야
책과 달리 실용책 편집자는 콘텐츠를
만드는 일에 직접 관여한다. 저자가
가진 레시피를 보고 책에 넣을
메뉴를 구상하고 저자의 역량을
가장 돋보이게 해 줄 사진가와
스타일리스트를 섭외해서 촬영을
진행한 후 완성도 높은 결과물을
뽑아낸다. 책을 읽는 독자에게
단순히 읽는 것을 넘어 새로운
라이프스타일을 경험할 기회를
제공하는 것까지가 편집자의 일.
잡지 에디터에서 단행본 편집자로,
다시 잡지 편집장에서 출판사
대표로, 다양한 매체를 경험하고
여러 현장을 섭렵한 저자가 기획부터
출간까지 각 과정에서 편집자가
도맡아 할 일을 명료하고도 간결하게
전달한다.

역사책 만드는 법
내가 좋아하고 잘하는 분야의
전문 편집자로 일하기 위하여
강창훈 지음

자신이 가장 좋아하고 잘할 수 있는
일이 역사 분야에 있음을 일찌감치
깨닫고 20년 가까이 역사책을
만들어 온 편집자이자 어린이와
청소년을 위한 역사책을 쓰는
작가가 역사책을 기획하고 편집하는
일에 대해 이야기한다.
역사란 인류 사회의 변천과 흥망을
뜻하며, 이는 철학, 정치, 경제, 예술,
문학 등 모든 분야에서 이루어지기
때문에 역사책의 범위는 넓고
깊다. 저자는 역사에 대한 편집자의
꾸준한 관심과 공부가 바탕이
된다면, 역사라는 한 분야에서 넓고
깊게 확장하는 역사책을 만들 수
있다고 말한다. 이를 위해 오랜 시간
역사책을 읽고 만들고 옮기고 써 온
자신의 전방위적 경험을 이야기하며
역사책의 특징을 짚고, 역사책을
기획할 때 준비해야 할 것, 역사책을
편집할 때 특히 고민해야 할 지점을
안내한다.

인문교양책 만드는 법
세계와 삶을 공부하는 유연한
협력자로 일하기 위하여

이진 지음

인문교양책 편집자의 기획과 편집은
결국 자신의 삶에서 나올 수밖에
없기에 일을 더 잘하기 위해서는
사적인 삶을 저 뒤로 밀쳐 둘 것이
아니라 더 적극적으로 지키고
돌보아야 한다. 자신과 타인의 삶을
함께 살필 줄 알고, 우리 사회가
간과하는 가치들에 대해 한번쯤
예민하게 고민해 본 독자들에게
큰 공감을 얻은 인문교양책을 꾸준히
만들어 온 15년 차 편집자의 일에
관한 이야기. 살아가며 확장되는
시각을 책으로, 책 만들며 얻은
지혜를 삶으로 가져가고 데려오며
성장해 온 과정이 담겨 있다.